Las cartas de Neptuno

Alicia Deberes

Contents

Capítulo 1: El anuncio del parabrisas

Amar a la antigua...Era el sueño más profundo de Olivia. A pesar de que no tenía nada de suerte en el amor, buscaba desesperadamente a alguien que la hiciera reír, le abriera la puerta del auto, la llenara de besos, y le escribiera poesía barata copiada de alguna página de internet. Ya saben "amor a la antigua". Al menos eso era lo que pensaba que quería. No era una chica común, por alguna razón no tenía suerte en el amor, ¿no? Decía todo lo que pensaba, era prejuiciosa y muy desconfiada. En ocasiones se creía defensora del feminismo. La última vez que tuvo una cita, el hombre le dijo que le gustaba más el cabello largo en las mujeres porque las hacía ver más "femeninas". Olivia se molestó tanto que al día siguiente fue a la peluquería y se lo cortó pegado a la nuca y definido a los lados. Como si ese acto de rebeldía lo hiciera cambiar de opinión. No le gustaba que le dijeran qué hacer y mucho menos un hombre. Se consideraba una mujer relativamente libre, ese fuego de escultudrista novata le recorría las venas. Era una artista.

La sala estaba repleta, los invitados habían llegado- al menos la mayoría. Olivia se encontraba justo en las escaleras del registro civil. Llevaba tacones y un bonito vestido negro que llevaba guardando desde hace un tiempo. Pensó que si se vestía de negro, le daría un toque más interesante a la ocasión.

–Olivia, ¿qué estás haciendo ahí? Entra ya– le ordenó Alan, su hermano.

–No pienso entrar ahí– contestó ella forcejeando con él.

–Debes hacerlo, prometiste que lo harías– dijo él sin soltar su brazo– ¿Por qué haces tanto drama?

–¿Tanto drama?– bufó ella–¿Te parece poco que tu abuela tenga más vida amorosa que tú?

–¿Vas a seguir con eso? Es el compromiso de la abuela. ¿Al menos podrías fingir que estás interesada?

–¿A quién le importa el compromiso de la abuela? Se ha casado más de cinco veces durante toda su vida, es más de lo que una persona promedio podría lograr. ¿Cuántos años tiene?

-Olivia, vamos. Llegaremos tarde– insistió Alan empujándola dentro del edificio donde todos los invitados esperaban– Sonríe– musitó él entre dientes mientras caminaban entre la gente.

–Hola– saludó ella con una sonrisa fingida tomando asiento.

–Ahora, ya que todos se encuentran aquí...– comenzó a decir el abogado mirando fijamente a los hermanos.

Era la sexta vez que su abuela se casaba y siempre pasaba lo mismo en cada ceremonia. El mismo abogado, el mismo tío Larry al final de la sala con una botella de whisky en el bolsillo trasero; la misma tía Verónica con sus problemas matrimoniales que parece nunca poder resolver, la clásica prima embarazada y extrañamente lesbiana, y no hay fiesta sin el tío Ben-el narcisista, o más bien el guapo de la familia como a él le gusta llamarse- besándose con cualquier jovencita de veintitantos en alguna esquina. Parecía como cualquier otra reunión familiar.

–¿Podrían todos los testigos pasar a firmar?– preguntó el abogado remarcando las palabras.

–Claro– Olivia sonrió tomando la pluma con su mano derecha para poner su firma en el documento– Felicidades abuela...por sexta vez.

–Creo que ya se quedó sorda–murmuró su padre.

–Angus– le reprendió su esposa.

–Solo digo lo que veo– se defendió él.

–Es mi madre de la que hablas– le respondió ella con un poco de cólera. Él sonrió y la rodeó con sus brazos para darle un beso.

–Por suerte no heredaste su sordera, cariño– comentó él con humor y ella comenzó a reírse.

Aquella era la mejor relación que tenían los padres de Olivia. Cada vez que los veía sonreía y se sentía afortunada de tenerlos. Casi nunca tenían discusiones y si las tenían, siempre encontraban la manera de solucionarlo haciendo reír al otro. Le veían el lado bueno a todo, era una de las cosas que aprendió de los dos al igual que su lado artístico. Ninguno sabía crear arte. Pintar, dibujar, esculpir...no eran sus fuertes del todo. Pero su padre disentía. Decía para crear arte no hacía falta crearlo, si no presenciarlo. No había nada más gratificante que contemplar una obra echa por las manos de una persona que reflejaba todo un mundo de posibilidades con unos simples trazos o moldeaduras. Cuando Olivia confesó su pasión por el arte, sus padres sintieron que se ganaron la maldita lotería. Pero esa es una historia para después.

–Tu abuela sí que sabe cómo conquistar a un hombre, ¿debería pedirle consejos?– preguntó la mejor amiga de Olivia, Saura.

–Cállate, no tienes que pedirle consejos a nadie. Tienes la vida resuelta–dijo Olivia sentada en una mesa apartada de la fiesta.

Los padres de Saura eran hindúes, así que por tradición tenían que asegurarse de encontrarle un marido a su hija lo más pronto posible. Cosa que no sería tan difícil, era una mujer alta, de tez morena e increíblemente amable. Era hermosa por dentro y por fuera y su nombre literalmente significaba "sol adorado". ¿Abría algo más perfecto que eso? Claro que no.

–Soy yo la que tendría que pedirlos en cualquier caso. Soy un desastre para las citas– dijo Olivia.

–¿Que pasó con el hombre de la semana pasada? Creí que se escribían por Grinder– dijo su amiga.

–Con ese lunático no voy ni a la esquina. Me pidió que le mandara una foto de mis pies. ¿Qué clase de fetichismo es ese?– dijo Olivia con desagrado.

–Tienes bonitos pies– dijo Saura encogiéndose de hombros.

–Lo sé, pero sigue siendo raro.

–Tal vez debes dejar de buscar. ¿Que no has visto esas películas románticas en las que la protagonista se enamora del tipo millonario a causa de un contrato? Es cliché, pero podrías tener suerte y además ser millonaria.

–Créeme, no tendría tanta suerte– musitó Olivia junto a un bufido.

–Olivia– dijo su madre acercándose a ellas– Ve a buscar la prótesis dental de tu abuela, está en el porta vasos. Date prisa, tomaremos la foto familiar dentro de diez minutos– dijo tendiéndole las llaves de su auto.

–Mamá, sabes que no me gusta tocar esa cosa. Además apesta como el demonio y la abuela ya no sonríe por el amor de Dios. Apuesto a que olvidó cómo hacerlo.

–No seas tan exagerada y ve– dijo su madre rodando los ojos.

–Deberías escucharla– comentó Saura.

–Gracias– dijo su madre satisfecha.

–Oye, ¿de qué lado estás?– masculló Olivia levantándose con intención de salir del local.

Al cruzar el asfalto, Olivia se dirigió directamente hacia el auto de su madre. Necesitaba lavarlo, llevaba mugre y excremento de paloma en el cristal trasero. Un completo asco. Tanto así que podría escribir "lávame" en una de las puertas con su dedo índice y se vería a la perfección. Mientras se acercaba, un papel en el parabrisas llamó su atención. Pensó que podría tratarse de una multa, pero era demasiado grande para eso así que lo tomó en sus manos para ver de qué se trataba.

"¿Tienes preguntas sobre dinero, amor o trabajo? Entonces visita a la mejor tarotista de la ciudad, donde tus deseos más profundos se pueden hacer realidad"

Olivia leyó y releyó el anuncio unas diez veces haciéndose la única pregunta evidente que podría haber en su cabeza. ¿Sería verdad? ¿Cómo era posible que algo así pudiera llamarle la atención? Usualmente no creía en esas cosas, pensaba que eran puras pamplinas de la gente para ganar dinero fácil. Que en cierta forma podría ser cierto, pero viendo la situación en la que se encontraba no tenía nada que perder. La curiosidad de saber si realmente sería capaz de encontrar al hombre ideal era más grande que quedarse en la sexta celebración de matrimonio de su abuela.

Así que mandó todo al infierno y se subió al auto sucio de su madre para largarse de allí y seguir la dirección que ponía el anuncio. Después de todo tenía sus llaves. Solo esperaba que cuando se diera cuenta no le arrancara la cabeza cuando tuviera la oportunidad por habérselo llevado.

Capítulo 2: Las cartas

Luego de conducir durante toda una hora, Olivia logró llegar a su destino. Se encontraba frente a una pequeña casa a las afueras de la ciudad. Era blanca con ventanas de madera y techo en ladrillos de color carmesí. Se veía bastante coloquial. Habían plantas y flores por todas partes, el camino de la entrada era de piedra y dos farolas de jardín alumbraban con poca intensidad. Era un lugar solitario pero no parecía de esos en los que te asaltaban.

Olivia dio unos pasos al frente y entró después de tocar varias veces. Por un momento sintió que estaba en la casa de Saura, toda la decoración tenía una mezcla de medio oriente con hippie y olía a incienso por todas partes.

-¿Hola? ¿Hay alguien en casa?– preguntó ella caminando por la sala de estar.

–Por supuesto que sí, bienvenida–dijo una mujer a sus espaldas. Traía una falda larga con bordados, al menos cinco brazaletes en cada muñeca y el cabello recogido– ¿Qué puedo hacer por ti?

–Vine por el anuncio– comentó Olivia sacando el papel de su bolso– ¿Es cierto que esto funciona?

–Por supuesto, sólo si estás dispuesta a dejarte llevar por el destino.

–Claro...– dijo ella en un tono extraño. Como si pensara que la mujer delante de ella estuviera completamente loca.

–¿Nos sentamos?– dijo la adivina señalándole la mesa a su derecha.

–Entonces...¿qué es lo que tengo que hacer?– preguntó Olivia mientras veía como la adivina dividía las cartas sobre la mesa.

–Nada en especial, pero supongo que quiere saber sobre algo en específico. ¿Un amor tal vez?

–Sí, de hecho. No soy buena para salir a citas, la gente dice que soy demasiado sincera cuando hablo. Como si eso fuera un problema– dijo ella en un tono sarcástico– Quisiera saber si podré encontrar a la persona ideal.

–¿No sólo encontrarás a la ideal, si no a la correcta y muy pronto– dijo ella viendo sus cartas y Olivia abrió los ojos.

–¿Enserio? ¿Cómo lo sabe?

–La cartas lo dicen–la adivina la miró como si fuera obvio– Esta persona te complementará en todos los sentidos y te enseñará a ver la vida de una manera diferente. Pero debes tener cuidado, este hombre lleva un gran sufrimiento por dentro e intentará alejarte.

–¿Cómo podré saber quién es?

–Cuando encuentres el símbolo de Neptuno lo sabrás– Olivia la miró sin entender.

–¿Es una especie de acertijo?– murmuró Olivia– ¿Qué se supone que significa eso?

–Significa que debes abrir bien tus ojos y no dejarte llevar por las apariencias. Eres una mujer bastante lista, lo sabrás en menos tiempo del que imaginas. Serían cien dólares– dijo la adivina extendiendo su mano.

–¡¿Cien dólares?! ¿Me ve cara de Mark Zuckerberg o que?– dijo Olivia histérica. Pensó que esa había sido la mayor estafa de toda su vida. ¿Cien dólares por decir "encuentra el símbolo de Neptuno"? No era exactamente lo que había tenido en mente.

–Acepto cheques y tarjetas de crédito si no tiene efectivo.

Olivia miró a la adivina con cierta desconfianza e hizo un esfuerzo para abrir su bolso y sacar los cien dólares que le debía. Ahora tendría que encontrar otra manera de pagarle al casero del condominio en el que vivía. El dinero que ganaba trabajando a tiempo parcial en la biblioteca de su universidad no era demasiado y no podía esperar a que los dueños de la galería más importante de su ciudad aceptaran su quinta solicitud de empleo de este mes. Era una cuestión de ganar o perder. Eso siempre y cuando le viera algún tipo de ventaja a la situación. El dinero del alquiler lo gastó completamente en una tarotista estafadora. Al menos sabía que había alguien lo suficientemente loco para fijarse en ella. Pero, definitivamente no había sido su mejor jugada.

–Muchas gracias– le sonrió la adivina al recibir el dinero– Espero verla pronto.

–Por supuesto– Olivia se levantó mostrando una sonrisa calificativa. En conclusión, jamás volvería a esa mierda de lugar.

Al conducir a casa, Olivia comenzó a recibir varias llamadas de sus padres y de su hermano Alan. Había desaparecido durante casi dos horas y media sin decirles absolutamente nada, pero no pensaba contestar. Estaba demasiado ocupada pensando en quién podría ser el hombre que mencionó la adivina y porqué dijo que esa persona sufría. ¿De qué manera? No quería meterse en una relación tóxica o complicada. ¿Que pasaría si esa persona no podía olvidar a su pareja anterior? O peor aún. ¿Que pasaría si tenía algún problema mental? Sí, suena un poco fuerte tener ese tipo de pensamientos, pero probablemente cualquier persona que estuviera en su lugar pensaría lo mismo.

–¿A dónde fuiste con mi auto? Te llamé siete veces, Olivia– rugió su madre al verla bajar del auto. La fiesta se había acabado y todos los invitados habían abandonado el local.

–Fui a ver a alguien, no pensé que tomaría tanto tiempo. Lo siento– dijo ella devolviéndole las llaves a su madre.

–Te perdiste la fiesta de tu abuela–dijo su madre molesta.

–Si no hubiese sido la fiesta más corta del mundo, entonces no me la hubiera perdido– musitó ella caminando a su auto.

La tarde comenzó a caer y se estaba poniendo oscuro.

–¿Y mis llaves?– preguntó ella y al voltearse su padre se las lanzó.

–Buena atrapada, Buonarroti– dijo él.

Su padre siempre la llamó de esa manera desde que era una niña. Era un apodo cariñoso, no había ni un solo día que no la llamara así. A menos que estuviera enojado. Cuando estaba molesto sólo la llamaba Olivia. Decidió llamarla así por Miguel Ángel Buonarroti porque se le consideraba el mejor escultor del renacimiento italiano y en sí de todos los tiempos. Y además le caía como anillo al dedo, después de todo esculpir era la pasión de su hija.

–Gracias, papá– agradeció ella con una media sonrisa abriendo la puerta de su auto–¡Adios!– gritó con un ademán de manos sin voltearse.

Cuando llegó al condominio donde vivía se detuvo frente a la puerta del apartamento de al frente con curiosidad. Habían varias cajas sobre las escaleras selladas con cinta adhesiva. No ponían ningún nombre o algo que identificara lo que eran. Podrían ser cosas viejas del departamento número 5 o 6, que eran los que vivían arriba. El de ella era el numero 4, pero nadie vivía en el 3 y siempre había sido así durante los dos años que llevaba viviendo allí. No le gustaba la idea de tener un vecino. Una de las razones por las que tomó el departamento era porque no tendría que saludar a nadie en las mañanas. No era una persona mañanera. Fácilmente podría quedarse a dormir tarde y levantarse a medio día. Además le gustaba poner su música a todo lo alto mientras trabajaba en su arte, usualmente lo hacía en las noches o los fines de semana cuando no tenía nada que hacer. Tenía una vida totalmente flexible, no le gustaban las rutinas pero sí era responsable y muy organizada. En realidad sólo esperaba tener la oportunidad de vivir en paz por mucho tiempo hasta encontrar un trabajo como galerista que le pagara mejor.

Si pudiera pedir algo en aquellos momentos, sería no tener un vecino del todo.

Capítulo 3: El nuevo inquilino y su perro revoltoso

Olivia despertó justamente a las siete de la madrugada esperando escuchar el horrible sonido de su despertador, pero no fue así. En cambio, su corazón se le quizo salir del pecho al escuchar los fuertes ladridos de un perro. No se llevaba muy bien con los animales. Una vez intentó tener un loro pero no salió del todo bien. Fue demasiado ingenua al pensar que si dejaba la jaula abierta no escaparía volando por la ventana. Se levantó de la cama a regañadientes y arrastró sus pies hasta la puerta para ver donde se encontraba aquel perro. Ninguno de sus vecinos tenían animales, era imposible que hubiera un perro en el condominio. Además el casero no lo permitía. Aveces le caía mal.

–¡¿Dónde estas?!– gritó ella molesta cuando salió de su apartamento. Bajó la cabeza y enseguida se encontró con los ojos de un lindo pastor alemán sentado justo frente a su puerta. Moviendo la cola de un lado a otro como si fuera lo más emocionante del mundo–¿Podrías largarte de mi puerta? Trato de dormir– le dijo al perro, pero él no se movió y le soltó otro ladrido–Maldición, sólo vete.

–Oye– dijo una fuerte voz masculina llamando su atención. Olivia levantó la cabeza en dirección recta donde se encontraba la puerta del apartamento número 3.

Su fuerte brazo se sostenía del marco de la puerta y su mano derecha de su cadera. Era un hombre alto y joven, parecía de un metro noventa y siete sin exagerar. Tenía el cabello corto y podía jurar que era más negro que la tinta . Sus facciones también eran atractivas, se veía que estaba en una excelente formación física. Olivia se quedó muda por un momento, ¿quién era él y por qué estaba en el apartamento número 3? Le llamó la atención sus lentes de sol. Tenían un diseño al estilo doctor Strangelove y sus cristales eran de un color cobalto muy fuerte. Lo cual ocultaban sus ojos muy bien, pero resaltaban los rasgos de su cara.

–¿Podrías dejar de gritarle a mi perro? Estás siendo muy ruidosa– dijo él con un poco de irritación.

–¿Ruidosa? Él es el que no para de ladrar frente a mi puerta. Si es tu perro, entonces deberías controlarlo– le contestó ella de la misma manera–Además no se permiten animales en este condominio, ¿quién diablos eres?

–Si tienes algún problema, entonces díselo al casero. Y ya deja de gritar, me está comenzando a doler la cabeza– dijo él tocándose la sien.

Olivia soltó un bufido procesando las palabras de aquel hombre a tan solo cinco pies de distancia de ella. Se cruzó de brazos y miró al perro quien también la miraba con mucho desdén. Pensó que le caía bien al perro, pero como no le gustaban los animales se deshizo rápidamente de ese pensamiento.

–Escucha, no quiero ser imprudente. Pero si no me dices quién eres y que diablos haces aquí te reportaré con el maldito casero y tal vez pueda que llame a la policía por invasión a la propiedad y alteración a la paz. Tú lo decides.

–¿Te han dicho que tienes mucha imaginación?– respondió él en un tono punzante.

–Tomaré eso como un cumplido– dijo ella a la defensiva.

–Me advirtieron que eras un poco problemática– respondió él sacando unas llaves de su bolsillo–Supongo que tenían razón.

–¿Problemática? ¿Quién diablos te dijo eso? Fue Margarita, ¿verdad? La del apartamento 5. Esa señora me va a escuchar– musitó Olivia enojada.

–Relájate bichito, no hay necesidad de que armes un escándalo y menos a esta hora.

–¡¿A quién le dices bichito?!– gritó ella dando un paso afuera. La verdad es que él era mucho más alto y Olivia tenía un carácter horrible. Así que el apodo no le venía mal.

–Está bien, guarda silencio– dijo él tocándose la sien nuevamente– Es mi apartamento, me acabo de mudar así que te agradecería que de ahora en adelante no me fastidies con tus gritos ni con tus quejas. Ah, y el perro se queda– Olivia abrió la boca indignada. No podía creerse lo grosero que era–Enzo, adentro– llamó al perro y éste lo hizo sin dudar.

–Pues eso ya lo veremos– le advirtió ella levantando el mentón.

–Hasta nunca– dijo él metiéndose de nuevo a su apartamento de un portazo.

Olivia estaba furiosa, no lo quería allí y mucho menos tener que verle la cara todos los días. Era grosero y amargado. Así que iría a enfrentar al casero para que le diese alguna explicación lógica. Se ató el cordón de la bata, se puso unas pantuflas y subió todas las escaleras para llegar al apartamento del casero. El sol estaba fuerte, pero a penas eran las siete de la mañana. No había nadie fuera.

–¡Señor Ramírez, ábrame la puerta!– gritó ella dando varios golpes con su puño a su puerta–¡Señor, Ramírez!

–¿Qué quieres?–dijo él abriéndole.

–Hay un idiota que dice que se mudó al apartamento número 3 y además tiene un perro. Usted dijo que no se permitían animales en el condominio.

–Ah, hablas de Trevor– musitó pasándose una mano por la cara–Estará aquí solo por seis meses. Él insistió en quedarse en ese apartamento, está mucho más cerca de la entrada.

–¿Por qué alguien querría estar cerca de la entrada? ¿Que no puede bajar treinta escalones?

–¿Por qué crees que dejé a su perro quedarse?– Olivia frunció el ceño sin entender.

–No lo sé, ¿por qué no me lo dice usted?

Él suspiró.

–Es un perro guía, Olivia. El muchacho está ciego.

–¿Qué?– dijo sorprendida–¿Y yo cómo iba a saberlo? Él no me dijo nada.

–¿Crees que va a estar por ahí contándoselo a todos? Por supuesto que no. Y ya deja de gritarle a todos los vecinos si no quieres que te eche. Además te recuerdo que me debes la renta de este mes, tienes una semana para pagarme.

–Bien–dijo ella a regañadientes.

Olivia no tuvo más remedio que quedarse callada y tragarse todos sus insultos. El casero definitivamente la había puesto en su sitio. Estuvo mal de su parte haberle gritado al perro, pero la verdad es que otra parte de ella no se arrepentía en lo absoluto. Él había sido grosero con ella y no le había dado la oportunidad para dudar de la situación. Todo sucedió demasiado rápido. Había actuado tan normal que ni siquiera se había dado cuenta de que era ciego.

Capítulo 4: Olivia, no bichito

Dicen que la culpa es la responsabilidad a causa de una acción negativa o perjudicial que se atribuye a una persona o cosa. La mayoría sabe lo que significa esa poderosa y pequeña palabra. Puede consumirte y adentrarse profundamente. ¿Pero qué indica realmente este sentimiento y cómo se supera? Porque Olivia no tenía ni la más mínima idea. Durante los últimos dos días siguientes de haber conocido al nuevo inquilino del apartamento número 3, Olivia no podía parar de sentir una de sensación de inquietud en el pecho.

Lo que significaba que debía dejar su orgullo de lado e ir a disculparse con Trevor personalmente. A pesar de que tenía una personalidad brusca, en su corazón guardaba los más bonitos sentimientos y sabía cómo y cuando pedir perdón.

El único problema era si él estaría realmente dispuesto a escuchar la...

–Olivia, ¿estas escuchándome?– le preguntó Saura quien se encontraba sentada a su lado mientras escuchaban la presentación del profesor de comunicación. Era una clase que duraba tres largas horas.

Saura haría una licenciatura en periodismo y Olivia en historia del arte contemporáneo y visual. Lo que la ayudaría más adelante a convertirse en galerista. Por eso iban a la misma clase.

–Lo siento, hoy estoy un poco distraída– le respondió Olivia.

–Te decía que mis padres planificaron una cena con mi prometido, Rajiv para escoger la fecha de la boda y quería que fueras mi chaperona durante su visita.

–¿Enserio necesitas a alguien que te vigile estando con tu propio prometido?– dijo Olivia como si fuera lo más absurdo.

–Ya te dije, es lo que se hace por la tradición familiar.

–Pues tu tradición es un asco– le dijo por lo bajo para que el profesor no las escuchara.

–Olivia, esto es importante para mí. Por favor, dime que irás– le dijo Saura suplicante. Olivia rodó los ojos.

–Sabes que iré– le respondió ella– Asistí a cada Ganesh que has tenido, ¿por qué me perdería esto? Me encanta sentirme súper india aunque verdaderamente no lo sea.

–Lo sé, te conseguí un sari bellísimo. Estoy segura que te encantará.

–De acuerdo clase, eso es todo por hoy. Lo retomaremos el próximo miércoles, que tengan un buen día–musitó el profesor dando por terminada su presentación.

–Todavía tengo una clase, ¿te gustaría acompañarme? – preguntó Saura mientras recogían sus cosas.

–En realidad...tengo algo muy importante que hacer.

–¿Enserio? ¿Cómo que?

–Debo ver a alguien, es un poco complicado. Te lo explicaré después– dijo Olivia lista para irse.

–De acuerdo, no te metas en problemas– le pidió su amiga.

–Eso intento – le dijo Olivia desde la puerta.

Mientras conducía a casa pensó en todos los escenarios posibles en los que diría las palabras correctas para poder disculparse apropiadamente.

¿Debía llevar algo? ¿Una cesta de frutas tal vez? ¿Que pasa si no le gustaban las frutas? Flores serían demasiado y bombones de chocolate de seguro no serían una opción. Era una bestia, los bíceps se le saldrían en cualquier momento, pensó ella.

Cuando llegó al condominio saludó al guardia de seguridad como normalmente hacía y caminó hasta las escaleras para poder subir a su apartamento. Al fin y al cabo llegó con las manos vacías, no lo conocía y tampoco conocía sus gustos. Así que no quería arruinar más la situación de lo que ya estaba. Olivia se detuvo en medio de las escaleras cuando vio la puerta de Trevor abrirse. Enzo salió disparado bajando las escaleras. Parecía que estaba contento de verla. Se le lanzó encima y tuvo que sostenerse del barandal para no caerse.

-¡Eh, tranquilo!– gritó ella intentando calmarlo. Enzo sacaba la lengua agitado poniendo las patas sobre su regazo. Era un perro realmente grande de un bonito color canela con orejas negras. ¿Cómo un animal así podría tener tanta energía?, se preguntó– Mierda, casi me matas. ¿Sabes que no tengo seguro de vida? Soy muy joven para morir.

–¡Enzo!–llamó Trevor para que el perro regresara a él. Al salir de su apartamento, inconscientemente pateó una de las cinco latas de pintura sobre el muro bajo su puerta. La lata rodó por todas las escaleras hasta llegar a los pies de Olivia. Por suerte no se abrió. Hubiera sido todo un desastre tener que limpiar los hilos de pintura por cada escalón. Además, el casero no estaría muy feliz. Cobraba por absolutamente todo. "Si lo rompes, lo pagas", era su lema favorito–Excelente– murmuró Trevor malhumorado.

Olivia tomó la pintura en sus manos y subió las escaleras para a llegar a él. Enzo inmediatamente lo siguió y se sentó en el suelo a mirarlos.

–No te preocupes, no se derramó– le dijo ella en un tono temeroso. Era el momento de comenzar a pedir disculpas.

–Déjala en el suelo– contestó él sin cambiar su humor y ella lo hizo. Olivia no quiso ponerse a la defensiva con su actitud, sólo se recompuso y lo miró.

–Escucha, quiero pedirte disculpas. Sé que no te traté muy bien la primera vez que nos conocimos. No debí enojarme con tu perro tampoco así que les pido perdón a los dos– confesó ella siendo lo más sincera que su corazón le permitía ser. Trevor sabía que estaba siendo sincera, pero aún así no estaba de humor como para entablar una conversación con ella.

–De acuerdo– respondió él impasible.

–Muy bien...Trevor. Me gustaría comenzar de nuevo si estás de acuerdo. Eres mi vecino así que creo que deberíamos llevarnos bien.

–¿Como sabes mi nombre?– le preguntó él.

–El casero me lo dijo– dijo Olivia y él soltó un bufido.

–Así que fuiste a quejarte de mi con el casero de todas maneras. ¿Ahora te sientes culpable porque soy ciego? No seas hipócrita.

–Oye, yo no tenía idea de eso. Para mi eres completamente normal– dijo ella comenzando a molestarse– y además me estoy disculpando. No tienes que ser tan grosero.

–No tengo tiempo para esto–dijo él tratando de voltearse.

–No me des la espalda–dijo Olivia furiosa– Estoy intentando ser amable contigo, pero no me lo estás haciendo fácil. Mis disculpas fueron sinceras. ¿Porqué no solo puedes aceptarlas y ya?

–Ya te lo dije, no me gustan los personas hipócritas.

–No estoy siendo hipócrita, y para que sepas, tú tampoco fuiste muy amable conmigo ese día así que los dos estamos a mano. ¿Por qué me odias tanto? ¿Es porque soy mujer, porque aveces tengo una voz fastidiosa o por las dos anteriores?

–No tengo ni una gota de misógino, pero tal vez esté a punto de serlo si sigo teniendo esta conversación contigo. Y para tu información, bichito; no eres la única que tiene derecho a quejarse y tampoco la única con problemas.

–Eso ya lo sé– dijo ella soltando un suspiro pesado–Escucha, tampoco quiero seguir discutiendo cada vez que nos veamos. Jamás he tenido un vecino frente a mi puerta así que los dos somos nuevos en esto. ¿Podrías por favor dejar esto atrás y aceptar mis disculpas?

Trevor se quedó callado por un largo rato y se calmó.

–Está bien– dijo soltando aire por la nariz–también lo lamento.

–Gracias– asintió ella satisfecha–Ah, y mi nombre es Olivia. No bichito– Trevor bufó junto a una sonrisa al escuchar su comentario.

–De acuerdo.

Capítulo 5: El poder de la astucia

Si las mujeres son difíciles de entender, entonces los hombres son peores. Y más si se trata de uno en especial llamado Trevor Moses. Desde muy pequeño supo que quería ser boxeador. Cada domingo veía el canal local de la lucha libre desde las nueve de la mañana hasta las doce del medio día donde rodaban dos episodios de una hora sin excepciones. Su luchador favorito se apodaba "El colmillo blanco". Podía ser un nombre estúpido para muchas personas, pero para Trevor tenía mucha fortaleza. Imponía carácter y respeto a la hora de pelear. Por eso cuando comenzó su carrera metiéndose en todas las peleas clandestinas que podía se quedó con ese nombre. Su madre no estaba de acuerdo en que peleara, siempre le decía que quería verlo como doctor, dentista o tal vez abogado. No quería que terminara como su padre: alcohólico y problemático con la ley.

Nunca fue un hombre digno de seguir, un verano se fue de la casa y jamás volvió. Así que durante 17 años, Trevor lidió con el peso de no tener la presencia de un padre y mucho menos el apoyo de una madre. El boxeo le ayudaba a descargar ese resentimiento que tenía hacia ellos. De no haber crecido en un hogar normal como cualquier otro niño de su edad. La primera vez que peleó fue todo una locura y ni siquiera lo planeó. Se había enfrentado a un par de chicos que lo molestaban en la preparatoria, eran tres para ser exactos. Se encargó de ellos con su excelente gancho izquierdo. Su entrenador, Phil, vio un potencial especial en él que no había visto en nadie más. El muchacho tenía talento de sobra y pensaba que podía llegar a ser un gran campeón a nivel profesional. El único problema era que había mucha oscuridad en él. Tenía miedo de que se saliera del camino correcto en cualquier momento. Lo veía como al hijo que nunca tuvo y siempre intentaba sacar las mejores oportunidades para él, pero luego del accidente sus problemas se complicaron. Fue la gota que colmó todos los vasos de Trevor.

El despertador sonó dando las seis en punto de la mañana. Era una vieja costumbre que tenía antes de haber pasado por ese accidente. Usualmente salía a correr muy temprano para mantenerse en forma y poder estar preparado para sus próximas peleas, pero ahora no podía. Así que terminó por apagarlo. Cavaría su propia tumba si se fuera a correr a oscuras por la calle. Enzo lo ayudaba a esquivar obstáculos, pero al final del día no era de mucha ayuda. Todos saben que los perros no perciben los colores al igual que los humanos. Si llegaban a pasar por un semáforo en luz roja sería una completa tragedia. Pero al menos le hacía compañía.

Trevor nunca había sido muy amante a los perros, pero como Phil había insistido en que tuviera uno cuando salió del hospital comenzó a aprender a lidiar con él.

Se levantó de la cama cuando sintió el calor del sol entrar por la ventana. Sabía más o menos donde quedaba todo en el apartamento. Debía contar exactamente 15 pasos para llegar a la cocina, 7 para llegar al baño, y 11 para la puerta de la entrada. Tampoco era un apartamento demasiado grande, tenía el espacio necesario para poder moverse, pero no con la tranquilidad que quería. Cada vez que se iba al baño se golpeaba la frente. Era un hombre alto y además el marco estaba más bajo de lo usual. Se dio una ducha, se lavó los dientes y se vistió. Ese día iría a ver a Phil al gimnasio para ver si lo dejaba entrenar nuevamente. Habían pasado dos meses desde que su entrenador le prohibió pisar el gimnasio rotundamente. Se estaba volviendo loco.

–Trevor, ábreme. Sé que estás aquí– dijo una voz femenina desde afuera. Trevor frunció el ceño y se puso los lentes de sol que le había recomendado el médico para esconder sus ojos de los rayos del sol. Caminó los 11 pasos y abrió la puerta para ver de quién se trataba.

–¿Quién es?– preguntó él.

–Soy yo. Phil tuvo que darme tu dirección– dijo ella en un tono malhumorado.

-¿Chloe? ¿Qué estás haciendo aquí? Pensé que ya no querías verme– dijo él sosteniéndose de la puerta.

Olivia estaba a punto de salir de su apartamento para ayudar a Trevor con las pinturas que tenía frente a su puerta, no tenía nada mejor que hacer y antes de que el casero se quejara con ellos pensó que sería buena idea ofrecerle su ayuda. Pero no se movió. Se quedó allí dentro de su apartamento escuchando la conversación que tenía con aquella chica. Era la primera vez que veía a alguien visitarlo.

–Y es cierto, pero era necesario que viniera. Te he traído algunas de tus cosas– dijo ella sosteniendo una caja.

–No era necesario, pudiste haberlas tirado. Te hubieras ahorrado la molestia de venir hasta aquí– le respondió él.

–Trevor, ya basta. Lo nuestro terminó. No soy la culpable de lo que te pasó. Tú mismo te buscaste esto.

–Piensa lo que quieras– dijo él guardándose todas sus palabras.

–Lamento que las cosas terminaran así, pero estoy segura de que en ningún lugar de este planeta existe una mujer que te pueda amar así– las palabras de Chloe se clavaron en lo más profundo de Trevor. Fue un golpe demasiado vil y bajo.

Le dolió, pero no iba a mostrárselo por nada del mundo.

Olivia se enfureció. A pesar de que no la conocía, había escuchado lo suficiente como para saber qué clase de persona era Chloe. ¿Cómo se atrevía a tratarlo de aquella manera? ¿Y por qué él no sé defendía?

Se detuvo a pensar y concluyó el único plan viable que tenía. Era lo suficientemente jugoso como para destruirla. Si esa tal Chloe quería jugar sucio, entonces jugarían sucio.

–Buenos días, Trevor– dijo Olivia lo más sensual que pudo. Se meneó el cabello y dejó deslizar la bata de su hombro izquierdo a propósito. Sabía que Trevor no la miraría así que no tenía que sentirse avergonzada.

Chloe la fulminó con la mirada y puso una cara de confundida.

–Buenos días– le contestó él intentando no meterla en la conversación.

–Ay, como estás de guapo con esa camisa. No sé, como que te resalta los músculos–dijo Olivia haciendo un gesto de manos señalándolo y Chloe la volvió a mirar con los ojos bien abiertos. Trevor se quedó mudo, era la primera vez que una mujer lo presumía tan abiertamente– Quería salir para venir a ayudarte con las pinturas que tienes frente a tu puerta. Voy a cambiarme y luego vengo, ¿te parece?– Olivia se acercó y lo tomó de la mandíbula para luego posar un tierno beso en su mejilla derecha.

Chloe se sintió indignada al instante.

–Bueno, nos vemos en un rato– volvió a decir Olivia separándose de él– Pero en serio, te vez...todo un bombón, mi muñeco lindo.

Capítulo 6: El sexto sentido

—¿No vas a decirme quién es ella?– le preguntó Chloe a Trevor cruzada de brazos como si tuviera algún derecho de reclamarle algo.

Es decir, ella fue quien terminó la relación porque se volvió ciego de un día para el otro.

–Es mi vecina– dijo Trevor aclarándose la garganta. No entendió el por qué de ese cambio de humor repentino en Olivia. Es cierto que habían arreglado las cosas como vecinos que eran, pero no esperó que se tomara tantas libertades. ¿Habrá escuchado la conversación?, se preguntó.

–¿Desde cuándo la conoces?– Chloe comenzó a desesperarse. Tenía miedo de que alguien mejor que ella ocupara su lugar. Su vanidad y su posición social superaban por mucho los sentimientos que podría tener hacia Trevor. Si seguía tratándolo como basura era posible que perdiera la oportunidad más maravillosa de toda su vida.

Olivia era una chica hermosa, tenía el cabello corto por encima de la mandíbula con ondas suaves y despeinadas. Era de un lindo color castaño caoba el cual resaltaba muy bien sus ojos oscuros. No era muy alta y tampoco vestía de una manera provocativa. Pero tenía estilo, sabía muy bien cómo combinar la ropa. Y en ocasiones especiales arrasaba con las demás chicas. A pesar de que decía todo lo que pensaba tenía un gran corazón y además estaba en la búsqueda de su hombre ideal. Una oponente bastante amenazante.

–Desde que me mudé. ¿Por qué me preguntas eso?

–Nada, es solo que te viste muy a gusto cuando te besó. ¿Acaso te gusta?– Trevor se puso una mano por la cara y suspiró.

–Chloe, ¿a qué quieres llegar con esto? Tu fuiste la que dijo que no quería volver a verme y sin embargo estás aquí. Si lo único que quieres es restregarme en la cara que todo ha sido mi culpa, está bien. Pero si no tienes nada más que hacer aquí entonces vete. No tengo tiempo para esto– dijo Trevor cansado y Chloe permaneció callada hasta que vio a Olivia salir de su apartamento.

–Estoy lista.

–De acuerdo, vámonos– le dijo Trevor y las dos fruncieron el ceño a la misma vez. Él se acercó como pudo hasta Olivia después de dejar salir a Enzo sosteniéndolo de una correa.

–Perdón, pero...¿a dónde vamos?– le susurró Olivia.

–Lejos de aquí, es tu castigo por meterte en conversaciones ajenas– le respondió él al oído.

–No es mi culpa que hablen tan alto–se defendió ella.

–Solo cállate y vámonos– le gruñó él entre dientes.

–Bien, pero no me grites– se quejó ella.

–No te estoy gritando–le contestó él en voz baja y Olivia se volteó a mirar a Chloe.

–Trevor, ¿a dónde vas?– preguntó ella mirando como él se sostenía de Olivia para no caerse.

–Tengo cosas que hacer– le contestó él a medida que iban bajando las escaleras.

–¿Que cosas? ¡Trevor!– gritó Chloe una vez la dejaron atrás.

Olivia y Trevor caminaron por la acera del estacionamiento del condominio. Cuando llegaron al auto de Olivia se subieron, pusieron a Enzo en el asiento trasero y se marcharon. Olivia estaba confundida. Mientras conducía; se volteaba de a cada tanto para mirar a Trevor, no sabía a donde quería que lo llevara o porqué le dijo que se fueran juntos.

–Deja de mirarme–dijo Trevor.

–¿Como sabes que te estoy mirando? No me estás viendo– le respondió ella.

–Solo lo sé– dijo él cortante y ella asintió.

–¿Puedo hacerte una pregunta?

–No.

–De acuerdo, gracias. ¿Cómo fue que terminaste saliendo con esa cosa? ¿Cual era su nombre?... Ah sí, Chloe. Bastante posesiva la chica, eh– murmuró Olivia con la vista al frente– Todavía le gustas.

–¿Y eso como lo sabes?

–Sexto sentido, cariño. Algo que jamás tendrás– le respondió orgullosa de sí misma.

–No digas tonterías– Trevor soltó un bufido.

–Es tu asunto si no lo quieres creer. Al menos yo no tengo que pasar por ese problema. Ya tengo a alguien perfecto para mí.

–¿Ah, si? No me digas.

–Si, sólo tengo que encontrarlo, pero me dijeron que está cerca– dijo Olivia y Trevor frunció el ceño como si fuese lo más absurdo de la vida.

–¿Estás diciéndome que estás enamorada de alguien que no existe? Tú si que estás loca, bichito.

–Te estoy diciendo la verdad, sólo necesito encontrar ese maldito símbolo. Me lo dijo una adivina.

–Pues no deberías creer toda la mierda que te dicen por dinero.– dijo él de brazos cruzados.

–Dime eso cuando te lo presente, se te caerá la cara de la envidia– le contestó Olivia y Trevor se rió por primera vez en mucho tiempo. Fue una risa sincera y con muchas ganas.

Ese pequeño rato con Olivia dentro de ese auto mucho más pequeño de lo que esperó; le hizo olvidar los problemas que tenía en la cabeza. Ella no lo trataba como un hombre que tenía una discapacidad. Se sentía normal cuando estaba con ella y comenzó a darse cuenta de ello a medida que pasaban los minutos.

–Entonces esperaré con ansias– respondió él.

–Bien– dijo ella.

–De acuerdo.

–¿Puedo hacerte otra pregunta?– preguntó Olivia.

–No.

–¿Cómo te peinas el cabello?– dijo ella esperando a ver su reacción. Trevor sabía que lo hacía para molestarlo por haberse burlado del supuesto novio "perfecto" que en realidad no tenía.

–Sólo espero lo mejor– contestó él con una media sonrisa. No sabía cómo Olivia tenía la habilidad de hacerlo enojar y reír a la vez. Lo sentía verdaderamente extraño. Sus conversaciones resultaban más naturales de lo planeado. No tenía que fingir simpatía frente a alguien que la caía mal o moderar su vocabulario para no hablar de más cuando se encontraba en una situación desafortunada como le pasó con Chloe. Aveces con su entrenador Phil o incluso con el propio casero. Si quería mandarla al infierno resultaba natural, y si quería ponerle conversación también era de lo más normal.

–¿A dónde piensas ir? Llevamos casi veinte minutos dando vueltas por la misma cuadra– se quejó Olivia.

–Sólo llévame a la avenida 62, dobla a la izquierda y verás un gimnasio. En realidad es más bien un almacén de carga, pero da igual como lo veas.

–De acuerdo.

Olivia condució toda la autopista hasta pasar por el avenida 62 y poder llegar al gimnasio que decía Trevor. Jamás había estado allí y no le gustaba la idea dejarlo solo allí en medio de la nada, "según ella".

–Ya llegamos– le contestó ella con un tono preocupado. Era verdad que no lo soportaba, pero tampoco sería de esas personas que hacen todo para poder deshacerse de su enemigo mortal. Realmente le preocupaba.

–Muy bien– respondió él quitándose el cinturón de seguridad.

–¿Cómo vas a regresar?

–Me las arreglaré– dijo él bajándose del auto torpemente haciéndose el macho. Olivia se quitó su cinturón y también bajó del auto–¿Qué se supone que estás haciendo?

–Voy a acompañarte– mencionó ella abriéndole la puerta a Enzo para que bajara.

–No te pedí que te bajaras, puedes irte– dijo él a la defensiva.

–Andando cieguito, no tengo todo el día– le respondió ella y Trevor suspiró pasándose una mano por la cara.

–Eres un verdadero fastidio– dió un portazo y rodeó el auto para encontrarse cara a cara con Olivia quien esperaba por él para llevarlo dentro.

–Uy, ¿con esa boca le hablas a tu madre?– dijo Olivia sosteniéndolo del brazo mientras caminaban.

–Ya basta– dijo él volviendo a suspirar.

Cuando entraron, Olivia vio que algunos hombres que entrenaban se detuvieron en seco a mirarlos. Especialmente a Trevor. En sus caras se notaba impresión y se veía que no estaban preparados para volver a verlo. Llevaba un par de meses sin regresar al gimnasio después del incidente que tuvo en su última pelea el cual casi acabó con su propia vida. El silencio que había en el lugar era completamente ensordecedor.

–¿Todos están mirando?– preguntó Trevor inclinándose levemente hacia Olivia.

–Sí.

Capítulo 7: El plan

—¿Trevor?– preguntó un moreno de cabello rizado quien había estado saltando la cuerda antes de que Olivia entrara del brazo de Trevor o mejor dicho, al revés. Todos permanecieron en silencio esperando ver alguna reacción de él.

–¿Quién es? ¿La voz de mi conciencia? Ah, no esperen. Ya sé. Son la bola de imbeciles que no fueron a verme ni un solo día al hospital cuando otro idiota decidió usar dos malditos yesos dentro de sus guantes de boxeo para ganarse la pelea más sucia del siglo y que casi me manda al infierno. ¿Que cómo estoy? Bueno, estoy ciego y mi carrera se fue al diablo. ¿Algo más aparte de eso? No tengo ganas de contestar. ¿Dónde está Phil?

Las palabras de Trevor entraron y se quedaron en la cabeza de Olivia. En esa conversación de exactamente 23 segundos conoció todo lo que tenía que saber de él. Se notaba que ese incidente lo había afectado de sobremanera y no sólo por las repercusiones de haberse quedado ciego. Perdió algo mucho más grande que eso. Perdió la confianza en sí mismo y la esperanza de volver a intentarlo una vez más.

–Ya basta, Trevor– dijo la voz de un hombre saliendo de una oficina. No era tan alto y de echo parecía bastante joven. Tal vez tendría unos cuarenta años– Ellos no tienen la culpa de lo que pasó, no seas tan duro– el hombre se acercó a ellos para no hacer a los demás participe de la conversación. Olivia no se movió y de inmediato entendió quien era aquel hombre. Se trataba de ese tal Phil–¿Que estás haciendo aquí? Deberías estar en casa descansando.

–Necesito hablar contigo– respondió Trevor.

–Te dije que no te quería aquí. No quiero tener problemas con los demás.

–Tampoco quiero hablar con estos imbeciles, pero no me dejaste otra opción. Necesito que me dejes entrenar de nuevo–dijo Trevor y Phil suspiró.

–Sabes que no puedo. Ya hablamos de esto, no puedes volver a pelear. El médico así lo pidió.

–Me importa una mierda lo que diga el médico, él no paga mis cuentas, Phil– contestó Trevor enojado.

–Nadie quiere darte una pelea, a menos que demuestres que estás realmente capacitado para pelear no esperes volver al ring. De mi parte no recibirás ningún visto bueno, no pienso verte morir.

Mientras discutían Olivia decidió apartarse para darles algo de privacidad. La conversación se estaba volviendo demasiado personal. Y en cierta forma podía entender los sentimientos de Trevor. Estaba enojado, realmente enojado. Podía sentir la furia dentro de él y la injusticia que se prolongaba a medida que hablaba con sus compañeros y con su entrenador.

–¿Conoces a Trevor?– le preguntó el hombre de antes quien intentó entablar una conversación con Trevor, pero falló.

–No demasiado, soy su vecina– le respondió ella dándole la mano–Me llamo Olivia.

–Josh– dijo él devolviéndole el saludo– Lamento que hayas tenido que escuchar eso. Él...está pasando por un momento difícil.

–No te preocupes, lo entiendo.

–Ha estado muy distante desde lo que pasó. Phil nos dijo que no nos acercáramos por el momento.

–¿Eran amigos?– preguntó ella.

–Somos como una familia complicada– Josh sonrió apenado– Trevor es como el hermano mayor y Phil es el padre de la familia. Intenta mantenernos a todos con los pies en la tierra, pero con Trevor siempre ha sido difícil. Le gusta hacer las cosas a su manera.

–¿Es muy obstinado?

–Más de lo que debería. Aunque le ha sacado alguna que otra ventaja. Es malditamente bueno peleando, nació con un don que por desgracia ya no va a poder utilizar.

–¿Por qué no sólo lo dejan entrenar? No tiene que pelear– Josh soltó una carcajada.

–¿Alguna vez has visto el entrenamiento de un boxeador profesional? Lanzar golpes no es un juego de niños. Hay que tener disciplina y mucha fuerza en todos los sentidos. Ya viste lo que le causó a Trevor.

–Ya, pero no fue su culpa. ¿Que no merece otra oportunidad?

–Su condición es delicada. No sé si lo sabes, pero el médico le recomendó un reposo total. Le dieron la opción de someterse a una cirugía ambulatoria para recuperar la vista así que si no se cuida es probable que la única oportunidad que tenga de volver a ver se pierda para siempre.

Olivia miró a Trevor desde lejos y comenzó a pensar en su situación. Si alguien le dijera que ya no podrá hacer más esculturas porque le causará la muerte, de seguro se volvería completamente loca. Jamás podría dejar de hacer lo que más ama ni aunque se lo pidieran a llantos. Sintió la necesidad de ayudarlo, pero no tenía idea de cómo lo haría. No era mentira que el boxeo se consideraba uno de los deportes más peligrosos del planeta. Pero, si no hacía algo de seguro se arrepentiría toda su vida.

–Señor, Phil– dijo ella interrumpiéndolos y se acercó– Creo que estoy en desacuerdo con usted.

–¿Y tú quién eres?– le preguntó Phil.

–Olivia, vecina del cieguito. ¿Por qué tengo que estar presentándome? Ya me vieron entrar con él–dijo ella acercándose a Trevor.

–¿Que estás haciendo?– le preguntó Trevor entre dientes.

–Intento salvarte el trasero. Confía en mí– le respondió ella de la misma manera.

–No necesito que me ayudes. ¿Por que sigues metiéndote en mis asuntos?

–Cállate y déjame hablar con él– dijo ella con firmeza. Se aclaró la garganta y sonrió– Como decía...creo que debería considerar dejarlo entrenar.

–Mire señorita– comenzó a decir Phil pasándose una mano por la cara.

–Olivia– le repitió ella y él asintió.

–Olivia. No puedo hacer eso. Si él quiere entrenar, entonces que lo haga fuera de este gimnasio. Ya le dije que no voy a ser responsable si algo le pasa. Mi respuesta es no y seguirá siendo no. ¿Me escuchó?

Olivia se estiró el cuello y cerró los ojos con fastidio. La gente no tenía idea de lo mucho que la hacía enojar que le hablaran de esa manera. Tenía un carácter realmente particular.

–Bien, entonces entrenará conmigo– dijo ella haciéndole frente.

–Niña, no hables tonterías. ¿Que va a saber una flacucha como tú algo sobre entrenar a un boxeador de ese tamaño?– le respondió Phil y Trevor escuchó con atención.

–¡A mi nadie me dice qué hacer!– le dijo ella casi en un grito y Phil se sobresaltó– Haré lo que se requiera. Si tenemos que levantarnos a las seis de la mañana para correr siete millas, entonces lo haremos. De día, de noche, con lluvia, con nieve, con lo que sea, ¡no me importa! Pero que le quede claro una cosa– Olivia comenzó a dar un paso al frente– Podría quedarme muda, sorda, ciega o todo lo que quiera y nada ni nadie jamás va a impedirme hacer lo que tanto sacrificio me ha costado conseguir. Sobre todo si lo hago por amor.

–Definitivamente no lo conoces– murmuró Phil– Le darás alas para hacer lo que le plazca. ¿Quien te asegura que no se meterá en alguna pelea ilegal?

–Yo misma me aseguraré de ello. Vivimos literalmente uno al frente del otro. ¡Y si lo hace le romperé la maldita cara!– ella gritó y los demás comenzaron a sonreír. Tenía mucha personalidad y para ser pequeña imponía bastante respeto. Olivia se volteó hacia Trevor y se le puso en frente– Tenias razón cuando dijiste que todos eran una bola de imbeciles, sobre todo ese tal Phil, no me cae nada bien así que te ayudaré a entrenar. Pero estas serán mis condiciones– le dijo por lo bajo para que los demás no los escucharan.

–Ilumíname– dijo él cruzándose de brazos.

Capítulo 8: Las tres reglas

—No pelearás bajo ninguna circunstancia. Tampoco quiero ser la causante de tu muerte, pero no voy a permitir que desperdicies tu talento con lo sea que hagas con tus puños milagrosos. No me has visto enojada aún, así que no te atrevas a provocarme– le advirtió Olivia mientras le explicaba cuidadosamente sus condiciones a Trevor.

–Si estás haciendo esto para hacerme un favor, te aseguro que es completamente innecesario.

–¿Crees que mis servicios te saldrán gratis? Por supuesto que no. Me ayudarás a prepararme para una subasta, creo que no lo sabes pero soy estudiante de arte– dijo ella con los humos altos–La hacen todos los años para recaudar fondos para fundaciones prestigiosas, esta será mi segunda vez. Además me ayudará para mi currículum.

–¿Y yo cómo se supone que voy a ayudarte con eso?– le preguntó Trevor aún cruzado de brazos como si fuera lo más tonto que pudo haberle dicho. No sabía absolutamente nada de arte, ¿en qué podría serle útil?

–¿Dé que otra manera crees? Eres alto, grande y tienes un perfil perfecto. Serás mi modelo.

–¿Qué?– Trevor se moría por reír, pero no lo veía demasiado conveniente teniendo a todos sus compañeros de frente. Era una idea completamente estúpida.

–La meta serán tres meses. Me ayudarás a preparar mis obras para la subasta y yo te ayudaré a entrenar para cuando te hagas la cirugía ambulatoria puedas estar listo para volver a pelear como antes– le propuso ella.

–¿Cómo te enteraste de eso?– preguntó él refiriéndose a la cirugía.

–Alguien me lo dijo. ¿Qué dices? ¿Aceptas?

Trevor guardó silencio y pensó detenidamente. Tener a esa chica pegada a él las 24 horas del día sería intenso, disfrutaba de su soledad, pero al parecer ella estaba más que dispuesta a cumplir con ese plan descabellado. Sería demasiada entrega y demasiada responsabilidad. Nunca se había cruzado con una persona como Olivia. ¿Que le aseguraba que no se iría? No podía perder esa oportunidad y ella se lo estaba ofreciendo en bandeja de plata. La propuesta era demasiado tentadora. Debía tomar una decision.

–Los dos sabemos que necesitas esto tanto como yo– dijo ella tratando de convencerlo.

–Escucha, entiendo que quieras ayudar, pero no nos conocemos. Tú tienes tu vida y yo la mía. Y te aseguro que estar en un mundo como el mío no te beneficiará en nada. Incluso si son tres meses–dijo él siendo lo más sincero que pudo. Ella sonrió de lado.

–¿Vas a decir que no incluso si es para ti mismo?– Olivia se puso las manos en las caderas y dio un paso más al frente– No necesito que me galardoees intentando ser bondadoso conmigo. Es cierto que no nos conocemos, pero desde que entramos a este gimnasio no has echo otra cosa que mostrarme todo lo que tengo que saber sobre ti. Lo que pasó fue injusto, lo sé. Pero si yo fuera tu, no permitiría que un idiota farsante sin ninguna ética laboral viniera a quitarme lo que es mío. Si estás dispuesto a volver al ring, entonces demuéstralo.

–¿Estás dispuesta a quedarte?

–Olivia Hassan jamás rompe una promesa– dijo ella y él asintió.

–Entonces yo también tengo mis reglas– dijo Trevor y Olivia vio de reojo a Phil quien aún no se movía de allí.

–Te escucho.

–Regla número 1: jamás romper la promesa hasta el plazo de tres meses. Regla número 2: "obedecer" suena un poco fuera de lugar así que la llamaremos...confiar. Básicamente si te digo que hagas algo con respecto a mi entrenamiento, entonces confía en mí. Tercera y última regla: nada de sentimientos.

–¿Sentimientos? No te hagas ilusiones. ¿Crees que estoy haciendo esto porque me gustas? Te aseguro que hay cosas mucho más importantes que tu egocentrismo– bufó Olivia con humor, pero Trevor no se rió.

–Sí haremos esto no quiero que las cosas se pongan incómodas. Tu misma lo dijiste; los dos necesitamos esto. Solo quiero establecer que será un problema y no estoy dispuesto a lidiar con eso en estos momentos. Será una relación totalmente desafectuosa. ¿Quedó claro?

–Como el agua– dijo ella encogiéndose de hombros sin importancia–¿Sellamos el trato?– dice ella tomando su mano para estrecharla fuerte y el asintió.

Olivia se volteó para mirar a Phil y le sonrió.

–Adiós– le dijo arrastrando a Trevor del brazo para sacarlo de allí junto a Enzo.

–¿Cómo que adiós? ¿A dónde van?– dijo Phil.

–Los demás también tenemos una vida– le dijo Olivia de espaldas mientras salía por la puerta dejándolos atrás– Ese Phil no me cae nada bien.

–Aveces a mi tampoco– murmuró Trevor subiéndose nuevamente al auto de Olivia luego de poner a Enzo de vuelta en el asiento trasero. El teléfono de Olivia comenzó a vibrar desde el bolsillo de su pantalón y contestó sin ver quien era seguido de colocar las manos en el volante.

–¿Hola? Habla Olivia.

–Ya sé que habla Olivia, tonta. No estaría llamándote a tu número personal si no lo supiera– le contestó su hermano en la otra línea.

–¿Qué quieres, Alan? Estoy ocupada.

–Quedaron sobras de la cena de ayer, mamá quiere que se las lleves a la abuela– Olivia rodó los ojos.

–¿Y porqué no se lo puede llevar ella?

–Porque tú vives más cerca, obviamente.

–Bien, pero no me quedaré. Así que dile que más le vale poner todo en tazones para llevar porque si no, lo único que recibirá la abuela de mi parte será mi número de cuenta bancaria para que deposite los 15 dólares de gasolina que voy a gastar yendo a su casa– Olivia hizo una mueca de fastidio y luego cortó la llamada. El auto arrancó y un silencio incómodo se hizo presente entre ella y Trevor. Por un momento sintió que lo estaba secuestrando, él no decía nada–¿Estás de acuerdo en que vayamos?

–No es como si pudiera lanzarme del auto. ¿Tengo otra opción?

–No, no la tienes– ella esbozó una sonrisa y condujo todo el camino hasta la casa de sus padres quienes esperaban en la entrada con bolsas en las manos. Olivia aparcó y bajó el ventanal del pasajero cuando su familia se acercó. Los tres—su padre, madre, y hermano—se detuvieron en seco al ver que había un hombre en el auto. Trevor se mostraba serio, después de todo era lo único que podía hacer. No podía verlos. La familia de Olivia estaba más tensa que nunca. Aunque... "tensa" no sería la palabra apropiada para definir aquella situación. Sería más bien "emocionada". Era el primer hombre que traía a casa que no parecía raro.

–Ay por Dios, hola. Mucho gusto– dijo la madre de Olivia abalanzándose hacia a la ventana de Trevor– Mi nombre es Emily. Soy la madre de Olivia.

–¿Me está hablando a mí?– preguntó Trevor confundido en una voz tan baja que sólo él podía escuchar– Ehh...Trevor.

Emily asintió con una sonrisa y tomó a su esposo de la camisa para acercarlo a la ventana.

–Él es mi esposo, Angus. Le falta un poco de carácter, pero te aseguro que se llevarán bien– añadió con deleite–Olivia, aquí están las cosas de tu abuela. No te olvides de dárselas personalmente, sé cómo eres. La última vez se las dejaste frente a la entrada y los perros de la calle lo devoraron todo– su madre le pasó las bolsas por la ventana rozando la cara de Trevor. Luego rodeó el parachoques y se posó al lado de Olivia con una bandeja.– Prueba estas albóndigas, tu padre dice que no se las quiere comer porque son veganas, pero yo le digo que están bien y además son buenas para la salud.

–Mamá, no tengo tiempo para est...– se quejó Olivia antes de que su madre le pusiera un pedazo de albóndiga en la boca ahogándola, literalmente– Como un carajo, ¿quieres matarme?– rugió con la boca llena–Esto está horrible, ni un perro se comería esto. ¿Qué le pusiste?

–Nada. Solo avena, alubias negras, levadura, ajo, perejil, sal y pimienta molida.

–¿Y la carne?

–Eso fue lo que le dije– dijo Angus.

–No hay carne, ¿Qué parte de albóndigas veganas no entendiste?– dijo Emily como si fuera obvio.

–No importa, ya me voy– contestó Olivia lista para irse.

–Bien, pero luego vienes a comerte las albóndigas– le advirtió su madre alejándose de la ventana.

–Adiós, Buonarroti– se despidió su padre y ella asintió rápidamente.

–Sí, adios papá.

–Fue un gusto, Trevor– le dijo Angus.

–Igualmente– contestó Trevor y Olivia arrancó sin decir más.

Capítulo 9: El símbolo

En el transcurso de llevar las sobras de la madre de Olivia a casa de su abuela, comenzó a sentir que le sudaban las manos. Su estómago comenzó a moverse de manera extraña. Lo cual definitivamente no era una buena señal. No quería que su estómago hiciera un ruido indebido en frente de Trevor. Sería demasiado incómodo y vergonzoso. Intentó cerrar los ojos para poder manejar el dolor, pero no iba a ser tan estúpida y tener un accidente automovilístico por culpa de un dolor de estómago. Los vellos de los brazos se le erizaron. Tragó fuerte y vio de reojo a Trevor.

–E...estás muy callado– Olivia sostuvo con fuerza el volante cuando se detuvieron en un semáforo con luz roja. Faltaban al menos cinco más para llegar a la casa de su abuela. Estaba enloqueciendo.

–¿No te sientes bien?– preguntó él de repente y ella lo miró con los ojos bien abiertos. ¿Habrá olido algo?, pensó.

–¿P...por qué lo dices?– preguntó nerviosa. El dolor era demasiado.

–Estás respirando demasiado fuerte y puedo escuchar cómo sostienes con fuerza el volante.

–Lo hubiera preferido sordo en vez de ciego, maldita sea–susurró para sí misma– Estoy bien– dijo cortante y el auto siguió su recorrido.

–Si necesitas ir al baño...

–No necesito ir al baño, cállate– rugió ella y Trevor levantó las cejas.

–Bueno, a mi me parece que sí tienes que ir– volvió a repetir y Olivia estaba al borde de la locura.

–Si sigues diciéndolo me darán más ganas de ir así que no hables. Esa mierda de albóndiga estaba envenenada o algo, gracias a Dios que no la comiste. Mi madre no sabe cocinar, pero lo intenta.

–¿Entonces por qué te tragaste la albóndiga?– preguntó él y ella lo miró incrédula.

–No la conoces, si no la comía de seguro me armaba el escándalo del siglo. Es un poco tóxica, pero tiene buen corazón. Al menos eso dice mi padre.

Olivia se pasó los últimos dos semáforos en luz roja solo para poder llegar a casa de su abuela y usar su baño. De seguro le darían dos boletos por infracción. A Trevor le pareció demasiado graciosa la situación, tenía unas ganas incontrolables de reírse. Esa chica era todo un personaje.

Cuando llegaron, Olivia ni siquiera habló. Salió disparada del auto hacia la entrada de la casa de su abuela, cruzó la sala y se metió al baño principal de los invitados para liberar a "Willy" dentro de ella. Sintió el alivio más grande de su vida. Dejó la comida en frente de la entrada sin siquiera pasarse a saludar y se marchó.

Ese día regresó a casa lo más pronto que pudo. Quería irse a la cama y ahorcarse con la primera almohada que viera en su camino, pero luego recordó que debía ayudar a Trevor a entrenar. Todas las fichas le cayeron encima en ese instante. Si algo salía mal, sería la única culpable. Fue ella la que insistió en hacerse cargo de la situación. Debía encargarse de cuidarlo y asegurarse de que no se lastimara por nada del mundo. Además habían quedado en un acuerdo de tres reglas: No romper el trato, confiar en él, y no enamorarse. Seria fácil, ¿cierto?

El reloj dio exactamente las seis en punto de la madrugada. Olivia tenía todo el ánimo del mundo, no era una persona mañanera, pero estaba realmente emocionada. Trevor- por otra parte- seguía teniendo su rutina de siempre. En el instante que puso los pies fuera de la cama unos fuertes golpes en la puerta lo hicieron levantarse de una buena vez. Caminó hasta ella y la abrió encontrándose con la fría brisa de la madrugada. Aún estaba oscuro y no se escuchaba ni un pájaro afuera.

–¿Por qué no estás listo aún?– dijo Olivia viendo cómo Trevor se frotaba los ojos con las manos y luego soltaba un gran bostezo. Era la primera vez que lo veía sin sus lentes de sol. Cuando abrió los ojos se maravilló completamente. Sus pestañas eran largas y negras, y su iris era del color verde más claro que había visto. Si había algo en ese hombre que no fuese aún más perfecto sería completamente un milagro. Era una locura lo guapo que era.

–Acabo de levantarme– dijo él con una voz gruesa.

–Ya lo veo– dijo ella aclarándose la garganta. Sintió sus mejillas rojas. ¿Qué le estaba pasando?– Voy a pasar si no te importa– pasó por su lado y Trevor soltó un suspiro. El apartamento estaba completamente oscuro.

–Ya estás dentro.

–No se puede ver nada– se quejó ella intentado buscar algún interruptor para encender las luces.

–No necesito luz, ¿lo olvidas?– musitó él cerrando la puerta– El interruptor está a tu izquierda– Olivia miró a todas partes alumbrando con su teléfono y cuando lo vio, lo encendió.

–¿Cómo sabías?

–Yo lo sé todo– le respondió Trevor y se soltó un bufido.

–Muy gracioso. Date prisa y ve a darte una ducha rápida, tenemos que irnos– él asintió encaminándose al baño. Cuando lo hizo su cabeza azotó con el marco de la puerta como de costumbre y Olivia abrió los ojos de par en par– Por Dios, ¿estás bien?

–Mierda– gruñó él tocándose la frente– Sí, estoy bien– contestó encerrándose en el baño con un tono molesto.

Olivia se quedó mirando la puerta un rato. Debía ser difícil vivir de aquella manera, en la oscuridad todo el tiempo sin saber a lo que enfrentarse. Miró por encima de su hombro y observó la cama. Era una cama bastante común. No era tan grande ni tan pequeña, pero de seguro la espalda de Trevor ocupaba todo el espacio. Se volteó y aprovechó para darle un vistazo a todo lo demás. La mayoría de sus cosas seguían en cajas. Ocupaban casi todo el apartamento, no había mucho espacio para caminar. De seguro ni lo notaba. Las paredes estaban vacías al igual que la cocina. No se sentía como un hogar. Era más bien como la habitación de un hotel en la que la gente se queda de pasada porque no quieren seguir conduciendo, dejan sus cosas aún en la maleta y sacan solo lo necesario. Si iba a quedarse allí durante seis meses debía acostumbrarse a su nuevo estilo de vida y posiblemente necesitaría la ayuda de su artista femenina más cercana para lograrlo.

–¿Sigues aquí?– preguntó Trevor saliendo del baño. Olivia se volteó hacia él y dio un pequeño salto de sorpresa.

Trevor se encontraba en solo una toalla intentando torpemente buscar ropa entre sus cajones. No dejó absolutamente nada a la imaginación. Fue totalmente inesperado. Las gotas de agua se resbalaban suavemente por su pecho recorriendo todo su torso hasta adentrarse en la toalla. Se veía más alto de lo normal y eso era mucho que decir. Su cuerpo se imponía gradualmente delante de ella haciéndole un nudo en la garganta. Sus palpitaciones incrementaban a medida que él se movía. Estaba totalmente perpleja.

–¿Por qué sales desnudo? ¿Estás loco?– él soltó una pequeña risa casi inaudible.

–No estoy desnudo– le respondió tomando unos shorts deportivos del cajón– Pero viendo que estás tan alterada supongo que te gusta lo que ves. ¿Quieres tocar?

– Por los pinceles de Miguel Ángel, eres repugnante– rugió ella y él soltó una carcajada.

– ¿No estabas interesada hace un momento?

–Tu fuiste el que salió de ahí exhibiéndose como un trozo de carne. Date prisa y vístete– de pronto se dió cuenta de un curioso tatuaje que llevaba en la espalda. Justo en la parte derecha del trapecio debajo del hombro– ¿Por qué tienes una letra griega tatuada en la espalda?

–No es una letra griega, es un tridente. Estás tomándote enserio esas clases de psicología, bichito.

–Ya te he dicho que no me llames así. Además, ¿por qué alguien se tatuaría un tenedor en la espalda? Es raro.

–No es simplemente un "tenedor". Tú más que nadie debería saberlo, ¿qué no estudiaste arte? Los símbolos tienen sus propios significados, ya sean egipcios, griegos o romanos. Todos representan algo.

–Pues para ser boxeador sabes bastante sobre la historia del arte– dijo ella cruzándose de brazos–¿Qué significa para ti entonces?

–Representa protección. Suena estúpido, pero alguien me dijo una vez que ese símbolo iba a salvarme la vida algún día. Tenía 17 años cuando me lo hice. Para ese entonces era bastante perceptivo y creía que no debía debatirme en creer que el destino era real.

–¿Crees que lo que te pasó fue solo una casualidad?

–Por ahora solo creo en las realidades y lo que tengo es una realidad que no puedo cambiar. Si puedes probarme lo contrario estaré encantado de escucharlo.

Trevor se quitó la toalla de la cintura para poder vestirse y en un auto reflejo Olivia subió la mirada al techo para no mirar.

–Deberías pensar en ser más optimista y menos exhibicionista.

– Mi apartamento; mis reglas, bichito– musitó él terminando de vestirse– ¿Nos vamos?

Capítulo 10: El chaperón indio

El sudor caía por la espalda de Trevor mientras corría el último kilómetro para llegar al condominio. Los zapatos en el pavimento le resultaron curiosamente tonificante. Había pasado mes y medio desde que comenzó el entrenamiento con Olivia. Se sentía fuerte y con una energía que ni en sus sueños pensó volver a sentir. Y gran parte de esa energía se la debía a ella. Era carismática, audaz y muy...muy exigente. Era como tener a Phil pegado a él todo el día, solo que más pequeño y con un olor más bonito. Entrenaban cinco días a la semana sin excepciones y salían muy temprano para evitar cualquier bullicio en las calles. Tenían toda una rutina preparada. Él tenía el conocimiento y ella la disciplina así que no había nada que saliera mal.

–Corres más lento que mi abuela– bromeó ella.

–¿Hablas de ti? Ni siquiera puedes seguirme el paso, tu abuela estaría orgullosa.

Se aproximaron a las escaleras del condominio intentando recuperar el aire que habían perdido por el recorrido. Olivia levantó la mirada y su sonrisa se borró completamente al ver la cara de aquella mujer frente a la puerta de Trevor. Se trataba de Chloe. ¿Qué era lo que quería esta vez? La última vez que fue definitivamente no le dio una buena impresión.

–Tienes visitas– musitó Olivia dedicándole a Chloe una sonrisa falsa. Ella bajó las escaleras y se posó justo en frente de Trevor. Esta vez parecía contenta de verlo.

–Hola, Trevor– la voz de Chloe se escuchó anhelante.

–¿Que estás haciendo aquí?– le preguntó él sosteniendo con fuerza la correa de Enzo.

–Vine a invitarte a desayunar, sé que ha pasado un poco de tiempo, pero quisiera hablar contigo si estás de acuerdo– le pidió Chloe con cautela. Parecía que no quería que la rechazara. Olivia no confiaba en ella, era como ver la mismísima cara del demonio en persona. Podía notarlo en sus ojos, quería algo más que un simple desayuno.

–Lo siento, pero no estoy interesado. Además, aún no he terminado de entrenar con Olivia.

–No sabía que volviste a pelear...– dijo la rubia.

–Aún no– le respondió él.

–Por eso dijo entrenar– susurró Olivia para si misma. No le caía nada bien, era una rastrera de doble cara.

–¿Quieres que ella venga?– le preguntó Chloe intentando sonar amable.

–No es necesario. De todas formas tengo un compromiso muy importante con una amiga. Podemos terminar el entrenamiento después– le contestó Olivia. La perspectiva de comer con esa mujer era tan agradable como que le perforaran los dientes con un taladro. Si tenía la oportunidad de negarse lo haría sin pensárselo dos veces– Tus llaves– le dijo a Trevor poniéndoselas en la mano– No las pierdas, ¿de acuerdo? Nos vemos más tarde bombón.

–De acuerdo– Trevor sonrió de lado ante ese último comentario. Ya la conocía y sabía perfectamente porqué lo hacía.

La expresión en la cara de Chloe era seria, parecía molesta por la presencia de Olivia. Sus miradas se cruzaron por un momento permitiéndoles matarse en ese milisegundo. Algo en Olivia no se sentía bien. La idea de que te estuvieran solos no le gustaba para nada y no tenía idea del porqué. Tal vez era porque ella no le agradaba. Seguramente es eso, pensó. Terminó por no darle tantas vueltas al asunto y se marchó directo a casa de Saura. Debía estar allí antes de que su prometido llegara a la reunión. Esa vez debía servirle de chaperona para escoger la fecha de la boda que según Saura esperaba que fuera muy pronto. Era increíble lo enamorada que estaba de él. Cada vez que hablaba de su prometido Rajiv le brillaban los ojos como dos estrellas polares en el cielo. Estaba muy feliz por su amiga, al menos una de las dos había logrado encontrar el amor que por tanto tiempo estuvieron buscando.

Cuando llegó a la casa entró sin tocar. Saura estaba totalmente acostumbrada a ello. Saludó a la estatua del Dios Shiva que tenía cerca de una pequeña fuente de agua-por respeto a la religión de su amiga- y subió las escaleras para adentrarse a su habitación.

–Llegas justo a tiempo– Saura se levantó emocionada dejando una brocha de maquillaje sobre la cama. Se acercó al armario y sacó un Sari tradicional muy lindo. Era de color azul y se veía muy fino, muy parecido al de ella que era de color salmón.

–Es precioso– a Olivia se le iluminaron los ojos al ver la vestimenta.

–Te dije que te gustaría. Póntelo y...mejor date una ducha y luego te lo pones. ¿Estuviste haciendo ejercicio otra vez?– musitó Saura entregándole el Sari.

–Debo entrenar a Trevor, aún no termina nuestro acuerdo– le respondió Olivia.

Saura sabía sobre la existencia de Trevor, pero jamás se habían conocido personalmente. Tenía un poco de curiosidad sobre qué representaba él en la vida de Olivia y porqué se esforzaba tanto. Lo único que sabía es que era su vecino más cercano y que habían estado pasando casi dos meses juntos. Tenía la fuerte sospecha de que estaba comenzando a sentir cosas por él. Quizás estaba enamorada de verdad pero aún no se había dado cuenta de ello, ¿que otra explicación lógica podría haber? Nadie que estuviera en sus cabales pasaría cinco días de la semana levantándose a la seis de la madrugada para entrenzar a un boxeador sin ninguna experiencia profesional. Y más si se trataba de alguien como Olivia que la consideraba una persona totalmente perezosa y cero madrugadora. Nunca la había visto comportarse de aquella manera con nadie.

–¿Por qué te esfuerzas tanto? ¿Será que te gusta?– Olivia abrió los ojos como platos al escuchar las palabras de su amiga.

–¿Estás demente, por qué dices eso?

–Lo siento, pero, ¿no has considerado que tal vez puedas estar comenzando a sentir cosas por él? Es decir, pasan mucho tiempo juntos. Solo digo que podría ser una posibilidad– sugirió Saura y Olivia comenzó a ponerse nerviosa.

–Por supuesto que no. Solo le estoy haciendo un favor que terminará dentro de otro mes y medio, y no nos tendremos que volver a ver. Ni siquiera somos amigos– aclaró ella cruzándose de brazos.

–¿Ah no?– Saura levantó una ceja y Olivia soltó un fuerte suspiro.

–De acuerdo, tal vez seamos amigos, pero eso es todo.

–Si tu lo dices– Saura se encogió de hombros siguiéndole la corriente– Tienes 15 minutos para arreglarte, no tardes. Rajiv llegará en cualquier momento.

–Bien– dijo ella a regañadientes encerrándose en el baño. Dejó el agua recorrerle el cuerpo y se puso a pensar en las palabras de su amiga. Era completamente absurdo que tuviera sentimientos hacia Trevor. Simplemente no podía ser, él mismo lo dijo: nada de sentimientos y así debía permanecer.

Salió de la ducha y en el momento que terminó de arreglarse salió de la habitación y bajó las escaleras al escuchar las voces de dos hombres. Se encontraba Rajiv y un hombre que no reconoció.

–Lamento la demora, es un gusto volver a verte, Rajiv– le dijo Olivia con un saludo de manos. Rajiv era el típico estereotipo indio.

Tenía el cabello negro y grueso, era delgado con piel morena y traía una barba orgullosamente simétrica.

–Me alegra verte aquí, supongo que ocuparás el lugar de chaperona en esta ocasión– contestó él un poco apenado.

–Gozosamente– afirmó ella.

–Él es mi primo, Isaac. También será chaperón– le presentó Rajiv.

–Y también el único que se ofreció– comentó Isaac ofreciéndole su mano a Olivia– Es un placer conocerte, Olivia.

–Y…sabe mi nombre– contestó ella con humor mirando a la pareja.

–Saura y Rajiv me han hablado mucho de ti, tenía muchas ganas de conocerte– musitó Isaac y Olivia levantó las cejas.

–¿La reunión era para mi o para ustedes?– preguntó ella viéndolos fijamente y Isaac se rió.

–Bueno, las palabras exactas que utilizaron fueron: divertida e ingeniosa. Ahora que estoy aquí creo que tenían razón– dijo Isaac.

–Se llevarán muy bien– comentó Saura con una sonrisa y de inmediato entendió lo que pasaba.

Saura estaba intentando emparejarla con el chaperon indio de su prometido.

Capítulo 11: Sentimientos ciegos

—¿Nos sentamos? – preguntó Saura señalando los tres sofás que habían en la sala.

Luego de haber preparado algunos aperitivos, Olivia y Saura se sentaron juntas. Rajiv tomó asiento junto a su primo Isaac quedando unos frente a los otros. Al principio la conversación se formó en torno a la pareja en cuanto a la fecha de la boda que sería para finales de Junio de acuerdo al sacerdote que escogieron para casarlos. Luego cada uno comenzó su propio tema de conversación. La pareja se veía un poco tímida y nerviosa.

–Saura– dijo Rajiv tomando una pequeña y misteriosa bolsa de regalo que había traído al llegar– Te he traído un obsequio, fue un viaje muy largo desde Mumbai así que pensé que no podía llegar con las manos vacías.

Rajiv le entregó el regalo y Saura lo tomó sorprendida. Se le notaba en el rostro lo emocionada que estaba. Lo colocó en su regazo y adentró la mano encontrándose con una caja. Sus miradas se cruzaron y sonrieron a la vez.

–Ábrelo, ¿qué esperas?– le insistió Olivia y ella así lo hizo descubriendo un hermoso collar de diamantes y piedras preciosas– Diablos, ¿es real?– preguntó admirándolo. Era realmente bellísimo.

–Es perfecto. Gracias, Rajiv– reconoció Saura gustosamente. No era el primer regalo que obtenía de Rajiv, sin embargo lo consideraba el más especial porque simbolizada su compromiso como su futuro esposo. Ya no habría vuelta atrás.

–No fue nada– él sonrió.

–Te lo pongo– dijo Olivia levantándose para ayudarla a ponérselo. En el momento que el collar calló en el cuello de Saura, Rajiv suspiró.

–Te ves hermosa– añadió.

Olivia soltó un fuerte soplo. Era increíble lo perfectos que se veían juntos, hasta parecía una escena de una película de Bollywood. Con todo y el musical.

–Dios, son demasiado geniales–repuso Olivia tomando asiento nuevamente, algo frustrada y Rajiv soltó una risa junto a su primo, Isaac.

–Tienes un gran sentido del humor, Olivia. Creo que ya veo porqué eres la mejor amiga de mi querida Saura– le respondió.

–Bueno, no me gusta alardear pero definitivamente lo tengo. Muchas gracias– respondió ella.

–Eres infinitamente entretenida, Olivia– habló Isaac.

–Oh, esperen a conocerla mejor. Se sorprenderían– dijo Saura uniéndose a la conversación.

Isaac parecía muy interesado en Olivia. Se reía de todo lo que decía y cada expresión que hacía. Intentaba caerle bien de cualquier forma. Pero, Olivia no estaba acostumbrada a que los hombres intentaran llamar su atención. Se sintió un poco extraña. De momento pensó en Trevor y en lo que debía estar haciendo con aquella víbora venenosa. Por un momento se le ocurrió irse a casa y terminar con todo eso de una vez, pero la verdad es que no era necesario. ¿Porqué la prisa por querer volver? No podía comenzar a creer el comentario de Saura, de ninguna manera estaba comenzando a tener sentimientos por ese gorila grosero de casi dos metros.

–¿A qué te dedicas, Olivia?– preguntó Isaac.

–¿Yo?– dijo asegurándose de que le estaba hablando a ella directamente– Soy estudiante de arte contemporáneo.

–Que bien. ¿Te interesa trabajar en algo en especial?– volvió a preguntar.

–Ehm...si, digamos que me interesa ser galerista. No he tenido tanta suerte en obtener el trabajo así que ahora estoy centrándome en un proyecto para una subasta algo prestigiosa. Hago esculturas.

–¿Enserio? ¿Quién iba a decirlo?– se sorprendió Isaac. Estaba maravillado con ella.

–Y es muy buena además– añadió Saura y Olivia la miró de reojo–¿Por qué no le cuentas más sobre tu trabajo?

–Mi trabajo, claro– levantó las cejas con una sonrisa fingida– Digamos que un amigo me está ayudando, es un poco complicado de explicar. ¿Me permiten un segundo? Quisiera hablar con la novia un momento, gracias– Olivia tomó rápidamente a Saura del brazo y se apartaron a la cocina para poder hablar en susurros.

–¿Y ahora que te pasa?– preguntó Saura.

– Sé lo que haces. Quieres emparejarme con Isaac, ¿no es cierto? ¿Por qué estás hablándole de esa manera?–dijo Olivia como si hubiese echo el mayor descubrimiento de su vida. Saura suspiró.

–¿Era tan obvio?

–¡Saura!– rugió Olivia a punto de matarla.

–Está bien, lo siento. Pero, pensé que sería una buena oportunidad para ti poder conocerlo. Al pobre le hemos hablado tanto de ti que cuando le ofrecimos ser el chaperon de Rajiv ni siquiera lo pensó dos veces y aceptó de inmediato. Además está soltero.

–No es mi culpa que seas tan bocona, no quiero que se ilusione conmigo– repuso Olivia con el pecho rígido.

–¿No le quieres dar una oportunidad porque en realidad te gusta Trevor?

Olivia se quedó tiesa como una piedra y miró a Saura con una expresión seria.

–Ya te dije que no es así.

–Pruébalo– le incitó su amiga desafiante.

–¿Por qué tengo que probártelo?– le contestó ella de manera cortante. Como si su comentario le hubiese parecido demasiado irritante.

–¿Qué no te das cuenta que de lo único que hablas es de Trevor? ¿Cómo es posible que sea yo la única que lo vea? Te conozco y sé que podrías estar echando a perder una oportunidad de oro. ¿Qué no era eso lo que siempre quisiste? Tener a alguien que conectara realmente contigo, enamorarte de verdad.

–Sí, pero no lo sé.

–¿A qué te refieres con eso?– le preguntó incrédula su amiga.

–No sé qué es lo qué siento por él– rugió Olivia entre dientes– ¿Qué pasa si me equivoco? ¿Si no es él la persona que estoy buscando?

–Entonces jamás lo averiguarás– respondió Saura con firmeza– Debes dejar atrás esas dudas y enfocarte en lo que realmente importa– resopló– Sólo prométeme que lo pensarás.

–Lo prometo– contestó Olivia rendida– Pero no sigas ofreciéndole mi cuerpo al primo de tu novio. Es incómodo– le advirtió y Saura sonrió.

–Lo intentaré.

Regresaron a la sala de estar y se sentaron como si nada hubiera pasado. La tarde transcurrió tranquila hasta que Rajiv y su primo decidieron que ya era hora de marcharse. Según la tradición, Saura no podía escoltarlos sola así que Olivia lo hizo por ella.

–Muchas gracias por haber venido, fue un gusto verte de nuevo Rajiv– se despidió ella.

–Lo mismo digo, Olivia. Cuida bien de Saura por mí, ¿quieres?–le propuso él amablemente y ella solo asintió antes de verlo salir por la puerta. Isaac se aproximó para salir también, pero se detuvo. Se giró sobre sus pies y miró a Olivia fijamente a la cara. Parecía nervioso, como si fuera a hacer algún tipo de confesión en ese mismo momento.

–¿Necesitas algo?– preguntó ella esperando una respuesta.

–No, perdona. Es solo que...me preguntaba si querrías ir a cenar mañana en la noche– soltó y Olivia frunció el ceño.

–¿Cenar?

–Sí, como en una cita– Isaac parecía algo inquieto, como si no acostumbrara a invitar a muchas chicas a salir. Olivia permaneció callada. Definidamente no estaba sorprendida y tampoco tenía ganas de salir con él, pero no iba a sentirse bien si lo rechazaba de plano.

–Sabes, agradezco la invitación pero acabo de recordar que mañana tengo que seguir trabajando en el proyecto de esa subasta. Estaré muy ocupada durante todo el día. ¿Quizás en otra ocasión?–comentó con una voz que no se sintió suya.

–Claro, entiendo perfectamente– contestó un poco desanimado, pero volvió a sonreír para no hacerlo notar demasiado– Fue un gusto conocerte– se despidió con la mano.

–Hasta pronto– finalizó de manera cortante esperando a que todo terminara. Isaac asintió con un gesto de cabeza y salió por la puerta dejándola sola. Al cerrarla, Olivia recostó su espalda de la madera de la puerta y resopló con ganas.

La situación de Trevor con aquella mujer tampoco iba tan favorecedora . Llevaban más de treinta minutos sentados en la mesa de un restaurante más fino que las joyas de la reina de Inglaterra sólo para comer un triste omelette que ya estaba casi frío. Chloe no supo cómo comenzar así que Trevor inspiró profundamente y soltó el aire dándole otra oportunidad para que hablara de una vez.

–Si no piensas decir nada, entonces no tengo porqué seguir aquí– Trevor intentó levantarse pero ella lo detuvo de inmediato. Aún tenía cosas que decirle y necesitaba que él la escuchara.

–Quiero ayudarte– su voz sonó casi suplicante.

–¿Por qué querría tener tu ayuda?– la voz de Trevor sonó fría e inexpresiva. No estaba seguro de qué quería, pero definitivamente no iba a permitirse confiar en ella de nuevo.

–Tenías una buena vida antes de todo esto, ¿porqué te mudaste a ese condominio? Phil dijo que pagaste seis meses de renta por adelantado. Vendiste la casa que te regaló mi tío, Trevor. Él lo apostó todo por ti, al menos pudiste haber sido un poco más considerado.

–Perdí la maldita vista, Chloe– se enfureció– ¿Qué es lo que no acabas de entender? Necesitaba pagar de alguna manera los gastos del hospital. Tú tío me regaló esa casa porque sabía que cuando ganara esa pelea recuperaría el triple de lo que había perdido al regalármela. Me quería en bandeja de plata desde el principio, pero cuando le ofrecieron un mejor trato no lo dudó dos veces y prefirió que me dejaran ciego en aquel ring a tener que perder una apuesta de millones de dólares. A ese mal nacido jamás le importé ¿Crees que se ofreció a ser mi patrocinador solo porque salía con su sobrina? Por supuesto que no. Necesitas dejar de hacerte ideas estúpidas en la cabeza. Esta es la vida real, así es como funciona. No todo son pasarelas y rosas. Y no te atrevas a hablarme de consideración, eres la menos indicada para decirme qué no hacer.

–Sé que estás molesto, pero creo que ahora necesitas de mi ayuda. Estoy preocupada por ti, Trevor.

–No sabes absolutamente nada y jamás entenderás en la situación en la que estoy. Eres como un maldito demonio de dos caras.

–No hagas eso– le pidió ella sabiendo por dónde iba la conversación.

–Me has dicho cosas peores– contestó Trevor– No sé que crees que lograrás conseguir con todo esto, pero te aseguro que si hubiera querido tu ayuda te la hubiera pedido hace mucho tiempo. Las cosas son distintas y no me parezco en lo absoluto a la persona que era antes o al menos a la que creíste haber conocido. La vida de ese Trevor era completamente vacía y quizás necesitaba quedarme ciego para poder verlo con claridad. Tenía una vida simple y tranquila antes de conocerte a ti y a toda familia de porquería. Me llenaron la cabeza de superficialidades.

–Eso no es cierto.

–Lo es– repuso él con firmeza– Lamento que estés tan perdida que no puedas verlo tú también. Pero una vida de riquezas no es tener una vida en lo absoluto. No puedes comprar a las personas para tu propio beneficio.

–Es por ella, por eso no quieres mi ayuda– afirmó Chloe como si fuera evidente.

–¿De quién hablas?

–No te hagas el desentendido. Hablo de esa mujer con la siempre andas. Olivia– comentó ella en un tono molesto.

–¿Qué tiene que ver Olivia en esto?

–Tiene que ver en todo. Desde que la conociste no has echo otra cosa que pasarme por alto. Ya ni siquiera te importa que venga a verte.

–¿Te molesta que pueda estar interesado en otra mujer que no seas tú?– ella se calló de inmediato. Jamás admitiría que lo que decía era verdad. Un nudo se le formó en la garganta e hizo la pregunta que tanto estaba esperando.

–Dime la verdad, ¿te enamoraste de ella?

Capítulo 12: Sólo un roce

—Aún no lo sé– las palabras de Trevor se clavaron en el pecho de Chloe como flechas puntiagudas. Durante el tiempo que estuvieron saliendo juntos jamás le había dicho que estaba enamorado de ella o que la amaba. El echo de pensar que Olivia tenía la habilidad de confundirlo la fastidiaba. Ella tampoco se había tomado la libertad de decirle lo que sentía, después de todo sólo se trataba de una relación carnal completamente hueca y tal vez beneficiosa. Los dos estaban en el mundo de las cámaras y era normal que parejas así existieran todo el tiempo.

–¿A que te refieres con que aún no lo sabes?– repuso ella sonando mas violenta de lo que tuvo en mente.

–Lo que sienta o deje de sentir por esa mujer no es asunto tuyo.

–Que estupidez– musitó ella cruzándose de brazos en su asiento apartando la mirada de él– Sólo lo dices para molestarme, siempre ha sido tu especialidad. Puedes decir lo que quieras y engañar a todos menos a mi. Los dos sabemos que jamás te fijarías en una mujer que vive en un condominio alquilado esperando a tener la suerte de trabajar en la mejor galería de Londres. Como si tuviera el talento para ello, es patético. ¿Crees que no he echo mi tarea? Ella no puede ofrecerte nada.

La furia crecía dentro de Trevor a medida que escuchaba aquellas palabras insensatas sobre Olivia. No tenía derecho. No tenía ningún derecho en hablar así de ella. No quería descontrolarse así que respiró profundamente, luchando con la necesidad de gritarle unas cuantas verdades. Olivia había sido la única persona que no se había ido de su lado y aún sin la necesidad de hacerlo, se ofreció a hacer algo que nadie en su pleno juicio hubiera echo. En ese momento se dio cuenta de que Olivia se había convertido poco a poco en la persona más importante de su vida. Y quizás en la única. Apretó los puños por debajo de la mesa e intentó ser preciso con sus palabras.

–Yo no te debo nada y tampoco tengo las ganas de arreglar el punto muerto en el que estábamos. No te atrevas ni por un instante en pensar que puedes insultar el nombre de Olivia en mi cara. Esa inmundicia con la que hablas me repugna– le advirtió– La próxima vez que quieras expresar tu opinión procura no ir esparciendo tantas espinas por el camino. Nunca aprenderás nada si siempre crees que tienes la razón.

–Trevor, yo...no pretendí hacerte enojar. Pensé que estabas de acuerdo– dijo ella tratando de excusarse. Trevor se levantó dejándola casi con la palabra en la boca. No quería seguir escuchando nada más.

–Pues pensaste mal y para tu sorpresa, Chloe: no eres el maldito centro del universo. Gracias por la oferta, pero no quiero y no necesito nada que venga de ti. No me vuelvas a buscar.

Trevor salió de allí como pudo del lado de Enzo. Cruzó las mesas de los demás clientes que- al contrario de él- tomaron su tiempo para degustar su desayuno. Por primera vez en varios meses no tropezó con nada. Esa salida había sido digna de todo un Oscar. Llevaba la frente en alto y caminaba con firmeza. Le pidió a alguien que le llamara un taxi y se marchó a casa sin mirar a atrás. Hubiera preferido caminar, pero no iba a ser tan buena idea. No volvería a toparse con Chloe jamás en la vida. Tampoco iba a tolerar ese comportamiento de ninguna manera. Si de algo estaba seguro, era que su comentario le había molestado. Si ella creía que podía venir a manipularlo como siempre, estaba muy equivocada. Para el tiempo que conoció a Chloe, Trevor estaba pasando por una etapa de transición. No tenía un hogar estable y la mayor parte del tiempo se quedaba a dormir en el gimnasio de Phil. Su carrera como boxeador estaba despegando a penas. Ganaba bastante bien, pero no lo suficiente para tener su propio hogar. Así que cuando comenzó a "salir" con esa modelo rubia de piernas largas, su tío, el señor Ferris, quiso intentar a acercarse a él también. Había escuchado rumores muy jugosos sobre el talento de Trevor para boxear, y de inmediato lo vio como una excelente inversión para que su compañía de cervezas Ferris saliera a flote con éxito. Tenía que obtener su confianza a cualquier costo y qué mejor manera de hacerlo que ofreciéndole lo que más quería: disparar al tope su carrera. Primero comenzó con pequeños lujos. Relojes caros, viajes en botes y promociones internacionales. Pero cuando vio que a Trevor no le comenzaron a interesar esas cosas decidió tomar medidas más drásticas y le consiguió algo mucho más grande. La casa fue la última advertencia que pudo haber tenido. Para ese entonces era demasiado ingenuo como para darse cuenta de que en el momento que algo saliera mal en su última pelea, el desgraciado le daría la espalda. Phil se lo había advertido: "No te fíes de ese hombre por más atractivas que parezcan sus propuestas". Pero Trevor como siempre, no lo escuchó. Quizás fue uno de los cómplices que habían armado todo el plan.

La pelea ocurrió una noche de enero. Trevor había pasado por docenas de peleas y pensó que el contrincante de esa noche sería otro más del montón. Se apodaba "Puño de acero", pero su nombre real era Terry Douglas. Era un tipo normal de 24 años sin ninguna otra aspiración que alimentar su ego. Llevaba mucho tiempo fanfarroneando sobre derrotar al gran colmillo blanco del que todos hablaban hasta que lo logró. Y de la manera más sucia. Un boxeador que se pusiera dos yesos para ganar una pelea era considerado peor que la escoria. Si alguna vez se lo llegaba a encontrar de frente, probablemente terminaría con lo que ese payaso había comenzado esa noche. Jamás olvidaría su cara. Fue la primera vez que Trevor Moses había perdido una pelea.

El paseo en taxi transcurrió en silencio. Él no hablaba ni el taxista tampoco. Así que le dio tiempo a reflexionar sobre lo que en realidad estaba pasando en su vida. Lo primero era que fuesen cuáles fuesen las congojas de su vida o problemas que ocultaba del pasado: no podía negar que sentía algo muy fuerte por Olivia. ¿Sería amor o sería sólo agradecimiento? ¿Cómo incluso iba a saberlo? No había un manual o un entrenador que le dijera cómo averiguarlo. Lo único que sabía era que le encantaba estar con ella. Probablemente por ser demasiado sarcástica, carismática y torpe. Necesitaba averiguar qué era lo que sentía por ella en realidad y una vez que lo supiera...tendría que tomar una decisión.

Trevor bajó del auto luego de pagarle al taxista. No estaba tan lejos así que había llegado al condominio sin problemas. Se dispuso a terminar de entrenar. Saltó la cuerda, perfeccionó el juego de pies y golpeó la pera de boxeo más veces de las que pudo contar. Cuando terminó, tomó un baño dándose cuenta de lo cansado que estaba realmente. Entre la discusión con Chloe y el entrenamiento, sentía que su cuerpo no daba para más. Pero aun le quedaba la fuerza necesaria como para poder rasurarse, si es que su pulso se lo permitía. Se posó en frente del lavabo del baño y dejó el agua correr. Tomó la navaja shavette para proceder a afeitarse, pero se detuvo en el momento en que escuchó unos toques en la puerta de la entrada. Tenía un oído bastante agudizado así que como si se tratase de un auto reflejo se dirigió hacia allá y la abrió.

–Hola. ¿Estabas ocupado?– sonó la armoniosa voz de Olivia. Trevor le señaló la navaja y suspiró.

–A menos que sea acróbata no creo que vaya a poder hacerlo correctamente. Tendré que esperar lo mejor como siempre– dijo rendido y totalmente cansado. Ella soltó una risita– ¿Que haces aquí? Pensé que tenías un compromiso importante.

–No, bueno sí. Pero mejor preferí venir a verte. ¿Me dejas pasar y te cuento?– sugirió ella.

–Normalmente entras sin pedir permiso, me sorprendes– le contestó él con humor dejándola entrar. Un roce de su cuerpo al entrar fue lo suficientemente fascinador para incitar a Trevor a querer más. No supo cómo explicarlo, fue una sensación electrizante y atrayente.

–Siempre hay una primera vez–respondió ella encogiéndose de hombros. Trevor cerró la puerta y se quedó allí escuchándola– ¿Te acuerdas que te dije que iba a ver a una amiga? Su nombre es Saura, no sé si te he hablado de ella pero en fin, yo le he hablado mucho de ti.

–¿Haz hablado de mí?– preguntó sorprendido.

–Por supuesto–respondió queriendo volver al tema.

–¿Por qué?

–¿Por qué no?– dijo Olivia tomándolo de la muñeca. Le quitó la navaja de la mano y lo sentó en un sofá reclinable muy cómodo– Como te decía, mi amiga es india así que estábamos en una reunión en su casa para ver a su prometido Rajiv, el cual no puede ver a solas según la "tradición". Rajiv trajo a un chaperon que resultó ser su primo. Al principio no le di tanta importancia, pero luego pensé que había sido obra de Saura haberlo invitado– Olivia hablaba demasiado rápido. Parecía inquieta y a penas respiraba correctamente. Trevor frunció el ceño sin entender muy bien su reacción. La mayoría del tiempo sus conversaciones salían a flote con sencillez. No se ponía nerviosa con facilidad así que sabía que algo le pasaba. Ella sonrió y le puso una mano en el pecho para tranquilizarlo– Relájate, yo lo haré por ti. ¿Confías en mi?

–Ciegamente– afirmó y ella volvió a sonreír con nerviosismo.

–Bien.

Olivia se aproximó al baño y tomó una toalla húmeda de agua caliente junto a una crema de afeitar. Le temblaban las manos del nerviosismo que tenía. Ese comentario de Saura comenzaba a tener mucho más peso ahora que tenía a Trevor de frente. Pero aún no había encontrado a la persona que supuestamente traería ese símbolo. ¿A quién engañaba? No sabía lo que estaba buscando en realidad. Lo que sí sabía era que tenía un vínculo afectivo fuerte hacia Trevor y parte de esa necesidad por ocultar sus sentimientos era porque él había puesto esa estúpida regla. Se giró en sus propios pies y se posó al lado de Trevor. Colocó con cuidado la toalla caliente en su rostro, justo en el área de la barba, para humectar su piel. Esperó un rato y la apartó con cuidado poniéndola sobre una mesa a su izquierda. Lo miró con detenimiento y posó las manos en sus mejillas para comprobar que la piel ya estaba lista para rasurar, pero sin decir más, Trevor levantó las manos y las deslizó con delicadeza por sus muñecas.

–¿Que tienes?

Capítulo 13: Reparaciones

—Nada, ¿por qué lo dices?– Olivia se sorprendió al sentir sus grandes y cálidas manos.

–Te noto extraña, ¿está todo bien? – preguntó él preocupado. Habló con una voz tan apacible que sus mejillas se ruborizaron sin querer.

–Sí, estoy bien–respondió ella aclarándose la garganta.

–¿Estás segura?– preguntó desconfiado intentando sacarle la verdad.

–Segura– contestó queriendo evitar el tema–¿Qué me dices de ti? No traes una cara precisamente alegre.

–Es un tema largo, mejor termina de contarme lo de tu amiga, Saura. ¿Dijiste algo sobre el primo del novio?

Maldición, no pensé que prestara tanta atención, pensó ella.

–Sí...me invitó a salir– confesó Olivia limpiando la navaja Trevor se quedó en seco.

–¿Qué?– preguntó él sonando más disgustado de lo que planeó.

–Pero inventé una excusa para no aceptar. Le dije que trabajaría en el proyecto de la subasta durante todo el día de mañana– añadió rápidamente volviendo a ponerle una mano en el pecho. Se estaba moviendo demasiado.

–Entonces lo rechazaste– concluyó Trevor.

–Rechazar es una palabra fuerte, yo diría rehusar– Trevor sonrió y muy dentro de él se sintió aliviado.

–Lo pongas cómo lo pongas, seguirá siendo la misma cosa, bichito. Lo rechazaste– afirmó él con mucha confianza.

–Bueno, está bien lo rechacé– musitó con seguridad– Suficiente de mí, ¿que pasó con la víbora....perdón, la señorita?–Olivia aguardó un rato esperando a que la reprendiera por haber insultado levemente a su ex-novia, pero no fue así.

–Escuché eso– Trevor quiso reírse. La había extrañado todo el día, era raro que el único momento en el que podía sentirse tranquilo era estando con ella. Lo demás estaba tan exteriorizado, como si no existiera– Para mi salió bastante bien, no tendré que encontrármela de nuevo. Al menos no por un tiempo.

–¿Ah, Sí?– Olivia levantó la mirada hacia sus ojos perdidos– ¿Quieres contarme?– Esa mujer ya no estaría pisándole los talones. Lo que significaba que era una buena noticia y podía centrarse en descubrir lo que realmente sentía por Trevor sin tener que obstaculizar el camino de nadie.

–Sólo si de verdad estás dispuesta a escuchar.

–Te escucho– añadió ella empezando a rasurar. Le contó absolutamente todo. Desde la primera vez que conoció a Chloe, la relación con su tío Ferris, el problema de transición de hogar y lo que verdaderamente pasó en su última pelea. Olivia escuchó atentamente sin hacer pausas ni comentarios. Solo permaneció callada sintiendo y entendiendo un poco mejor el corazón de Trevor. Había pasado por demasiadas cosas en tan poco tiempo. No conocía ni la mitad de lo que había pasado en su vida, pero estaba ansiosa por escuchar más. Más sobre él, quería conocerlo mejor y de alguna manera apoyarlo también.

–Lo lamento– musitó despacio a medida que movía la navaja por su rostro.

–¿Por qué? No has echo nada malo.

–No tenía idea de lo que habías estado pasando y me desquité contigo la primera vez que nos conocimos. Fue algo estúpido y no necesitabas eso. Realmente lo siento– se disculpó Olivia realmente avergonzada. Sentía culpa y un malestar terrible en el pecho.

–Bichito, en mi lista eres la única que no debe disculparse conmigo por nada– Olivia tragó profundo y se obligó a sí misma a no perder la compostura. Estaban demasiado cerca el uno del otro. Trevor podía sentir el fuerte y dulce olor de su perfume a toda plenitud. Lo sentía tan gratificante que lo hipnotizaba.

–Gracias– añadió ella sin más. Olivia terminó de rasurarlo dejando la navaja sobre la misma mesa donde se posaba la toalla. Tomó otra crema con colonia y se puso un poco en las manos para masajearle las mejillas con suavidad. Sus pequeñas manos eran un antídoto para él. Lo hacía con tanto cariño que parecía una fresca brisa de verano–Listo, quedaste perfecto.

Trevor se incorporó en su asiento y se pasó la mano izquierda por las mejillas. Estaba completamente liso. Soltó una sonrisa de lado.

–Veo que no es tu primera vez.

–Culpa al señor Hassan. Me enseñó todo lo que sé desde que tenía 9 años. Le gusta rasurarse a la antigua...como tú.

–No hay otra mejor manera– dijo y Olivia asintió junto a una pequeña sonrisa.

–Estoy de acuerdo– dio un paso atrás y soltó un grito de sorpresa al caerse a la cama por culpa de una caja de mudanzas que había en el suelo. Aún estaban allí y la mayoría sin desempacar. No había mucho espacio para moverse.

–¿Estás bien?– preguntó él levantándose.

–Por supuesto que no estoy bien, ¿cómo puedes caminar con todas estas cajas al rededor?

–Cuento los pasos– dijo y Olivia lo miró. Era un hombre realmente interesante, se había tomado la libertad de contar cada uno de los pasos en el apartamento para poder moverse con agilidad. Tuvo que haber pasado mucho tiempo practicándolo y analizándolo para caminar correctamente. Y también golpeándose varias veces. Si las peleas no lo mataban de seguro lo haría el marco de la puerta del baño.

–¿Y qué haces cuando no estás caminando de aquí para allá?– preguntó intrigada.

–Nada en particular– respondió poniéndose los lentes de vuelta– No tengo mucho que hacer por aquí. No puedo cocinar, ver televisión, o incluso revisar mis redes sociales. Lamentablemente me dedico a pasar los días aburriéndome como una ostra.

–Primero: eres deprimente y segundo: arreglaremos todo esto– dijo ella haciendo una gran referencia con las manos señalando el lugar–Llevas aquí dos meses y medio y se siente como la habitación de un hotel. Necesitas crear un espacio en el que te sientas cómodo y...necesitas plantas. ¿Sabes algo? Regresaré en un momento– concluyó rápidamente caminando hacia la puerta.

–¿A dónde iras ahora?

–Tu sólo espera, traeré unas cosas. No tardo– Olivia salió del apartamento de Trevor dejándolo casi con la palabra en la boca. Soltó un fuerte resoplido y se volvió a sentar donde estaba anteriormente. No podía hacer otra cosa que esperar a que regresara con quién sabe qué. De Olivia siempre se podía esperar cualquier cosa. Hasta comer albóndigas veganas sin ser necesariamente vegana.

Unos minutos después la puerta de Trevor se abrió de repente haciendo un gran estruendo. Se sobresaltó, ya sabía que era Olivia por su perfume. Además era la única a su alrededor que era un poco torpe. Si fuera un ladrón probablemente hubiera sido un poco más silencioso al entrar.

–Moveremos toda esta basura– dijo ella dejando una canasta sobre la cama de Trevor– Te he traído algunas cosas. Creo que te serán útiles.

–¿Ah, si? ¿Cómo qué?– preguntó divertido.

–Brochas para pintar tus paredes. Necesitamos darle algún tipo de uso a esas pinturas que te regaló el casero. Además tus paredes no me dicen nada, están vacías. No demuestran personalidad.

–De acuerdo, relájate Shakespeare. Mi personalidad no tiene absolutamente nada que ver con las paredes de mi apartamento y segundo, no tienes porqué hacer esto. Deberías mejor trabajar en ese proyecto que tienes y–.

–Muy tarde– dijo Olivia por encima del sonido agudizado del taladro inalámbrico que tenía en las manos–¿Dijiste algo?

–Dije que–.

–¿Enzo, escuchaste algo?– Olivia volvió a hacer el mismo ruido interrumpiendo las palabras de Trevor y éste no tuvo más remedio que echarse a reír.

–Definitivamente no tienes nada mejor que hacer– dijo él negando con la cabeza. Olivia comenzó a mover las cajas empujándolas en el suelo y se volteó un momento a mirarlo.

–¿Te digo un secreto?

–Dime.

–Tú tampoco– dijo ella sonriendo al final de su frase.

–Touché– murmuró Trevor dándose por vencido–¿Qué estás haciendo ahora?

–Intento apartar todo de las paredes para no manchar nada. Cuando terminemos, sacaremos todo de las cajas para que tengas más espacio. Tienes que decirme lo que quieres desechar y lo que no. Tal vez nos lleve toda la noche.

–Espera– comentó él frunciendo el ceño–¿Nos? No hay manera de que te ayude a pintar estas paredes. Realmente estoy comenzando a creer que tienes un fuerte problema para recordar cosas como...que estoy ciego– dijo remarcando las palabras y Olivia lo volvió a mirar.

–Me importa un bledo si no puedes ver, ayudarás.

Trevor se calló. Ese divertido, sarcástico y demandante comentario lo hizo entrar un poco en razón. A ella no le importaba que estuviera ciego. Ni siquiera un poco. El echo de haber quedado completamente ciego le había afectado de sobremanera. Ya no iba a tener la vida de antes y la verdad es que tenía miedo de comenzar de nuevo. Si comenzaba a tener sentimientos por ella, tendría que enfrentarse a su propia realidad. ¿Que pasaría cuando no fuera capaz de cumplir con todos sus deseos? Olivia era carismática y espontánea. Una mujer libre con demasiados sueños por delante sin cumplir. ¿Y si no daba la talla? No serían una pareja normal en lo absoluto. Definitivamente estaba comenzando a tener una terrible lucha interna consigo mismo. ¿Debía dejarse llevar por lo que sentía o debía ser sensato consigo mismo y apartarse de ella? Pero si no era así...¿entonces cómo iba a explicarle que moría cada día por poder verla?

Capítulo 14: La ventaja de un corazón roto

En algún lugar de Londres, exactamente en la calle 33 king, vivió por muchos años una dulce niña llamada Olivia Eloise Hassan. Era una chica extremadamente astuta. Con tan sólo 9 años ya sabía cómo encender un auto, rasurar la cara de su padre y escaparse de vez en cuando para ver las bodas que se celebraban en una parroquia a dos cuadras de su casa. Eran tan armoniosas y románticas. Todos los novios eran extrañamente guapos y las novias interesantemente hermosas. Tal vez era porque debían vestir lo mejor de lo mejor en esos días. Pero no sólo era el concepto de la celebración lo que llamaba su atención, eran las palabras que se decían las parejas frente al altar. Esos votos, esa promesa que parecía inquebrantable cuando se miraban a los ojos. Para ese entonces creía que con solo practicar sus propios votos en el espejo, sabría todo sobre el amor y tal vez estaría lista para encontrar a la persona que le diera sentido a esas palabras. Ese fue el momento exacto en que comenzó la búsqueda más importante de su vida y tal vez la más decepcionante.

Tenía la mala costumbre de interesarse por lo chicos menos indicados. Primero fue Jeffrey de quinto grado que se comía los mocos en el recreo, luego Donald de octavo que le enviaba rosas muertas a todas las chicas en San Valentín, después Patrick de décimo que se creía "el popular" de la escuela sólo porque sus padres aportaban un gran cheque con bastantes ceros a la facultad, y por último Kennedy de último año. El músico rompe corazones. El típico idiota que iba en motocicleta a la escuela para llamar la atención de las chicas y que era inevitablemente atractivo. Rey de los rumores y el drama bajo faldas. Un engreído que lamía las botas de todos por aprobación. Olivia se graduó de la preparatoria y aún en su tercer año universitario no encontraba al hombre que llenara sus expectativas. Simplemente no encajaban. No eran lo que quería. Asistió a muchas citas a ciegas y se inscribió en todas las plataformas para solteros que el internet pudo haber creado. Incluso en ese entonces era bastante meticulosa para escoger. Pero cuando conoció a Trevor, todo cambió.

Se hacía el difícil, era amargado, para nada altruista, lleno de humores con doble sentido, fácilmente irritable y solitario. Era muy complicado en todos los aspectos e imposible de descifrar. Algunos pensarían que definitivamente sería otro más de su lista de decepciones, pero había algo. Algo profundo y de cierta manera especial. ¡Tenían química! Algo asombroso que no había experimentado con nadie. Compartían tiempo de calidad, no forzaban nada que fuera innecesario. Era divertido pasar tiempo juntos. Había alegría en su compatibilidad. Después de haber pasado por todo ese recorrido buscando al hombre ideal, tal vez con Trevor había una esperanza. Lo bueno de tener un corazón roto es que siempre se puede arreglar de las maneras más misteriosas.

–Entonces no tienes un cantante favorito– dijo Olivia comiéndose el último pedazo de pizza de la caja luego de haber pasado toda la noche arreglando el apartamento de Trevor. Los dos se encontraban sentados en suelo, uno frente al otro. En calma, platicando como si no importara nada más en el mundo. Solo ellos dos.

–No lo creo– respondió sincero.

–Ay, por favor. Debe haber algo que te guste además del boxeo. No sé, alguna banda o pasatiempo. Yo sí podría decirte cuál es mi canción favorita sin pensarlo tanto. No importa lo que pase, si estoy triste por algo esa canción siempre me levanta el animo– confesó Olivia y Trevor levantó una ceja intrigado.

–¿Y cuál es?

– "I want you back" de los Jackson 5– Trevor soltó una risa desde lo profundo de su garganta.

–¿Qué? No hablas enserio.

–Los sesentas fueron una época bastante entretenida y para tu información...la mejor que pudo haber existido– musitó ella orgullosamente.

–¿Cómo sabes eso? Ni siquiera naciste en los sesentas. Apenas tienes 22 años– comentó él como si fuera absurdo.

–Numero uno: existe el internet y dos: se llama apreciar la cultura. La música es arte.

–¿Estás diciendo que los Jackson 5 eran arte?– preguntó él y ella sonrió.

–Lo resumiste mejor de lo que pensé para ser sincera. Pero si, en cierta forma eso fue lo que quise decir– Trevor asintió con un gesto de cabeza y suspiró.

–¿Cómo lo haces?

–¿Hacer qué?– le preguntó ella.

–Emocionarte con cosas como esa. Jamás he presenciado un día en el que no estés feliz y siento que no puedo entenderlo– explicó Trevor.

–¿Por qué dices eso?

–Es extraño para mí– aclaró Trevor y la joven suavizó su gesto cruzándose de brazos– No suelo encontrarme con personas así.

–¿Si tu pregunta es que si tengo un secreto para ser feliz, entonces mi respuesta es no. No guardo ningún secreto y tampoco es un misterio que disfruto de las cosas pequeñas. Es parte de la vida. De crecer y de sentirse vivo.

–Sentirse vivo– repitió él analizando con detenimiento esas palabras. No recordaba la última vez que se sintió así.

El mundo de Trevor era calmado y controlado, lleno de rutinas. Y de repente llegó Olivia a su vida con sus comentarios divertidos, su inocencia y su tranquila temeridad, y todo lo que había antes de ella comenzó a parecer aburrido, vacío, mediocre...Ya no era nada.

Y se enamoró.

–No recuerdo la última vez que me sentí así. Creo que jamás lo había sentido antes–confesó Trevor recostando su espalda en la pared seca.

–¿Así cómo?

–Enamor...Vivo. Sentirme vivo.

Olivia suspiró junto a una tierna sonrisa. Se levantó y antes de dudar, posó un suave beso en la comisura de sus labios. Trevor levantó las cejas sorprendido y ella logró sonrojarse al instante. Se separó. No supo porqué lo había echo.

–¿Porqué me bes...?–comenzó a preguntar Trevor, pero ella lo interrumpió levantándose del suelo con rapidez.

–Ya es tarde, mañana debo trabajar en el proyecto– comentó ella aclarándose la garganta.

–Espera, ¿te vas tan pronto?

–Sí, que duermas bien– antes de que Trevor dijera algo más, Olivia tomó algunas de sus cosas y se marchó a su apartamento. Cerró la puerta y se tumbó en su cama con el corazón a mil. ¿Desde cuando había tenido esa impulsividad dentro de ella? Tan sólo lo miró y se le lanzó encima. Ni siquiera podía explicarse porqué lo hizo. No había una razón ni motivo para haber echo eso. La primera vez que le dio un beso en la mejilla fue cuando Chloe fue a verlo. Y fue para darle celos mayormente por haberse comportado como una maldita víbora. Pero ahora no tenía ninguna excusa. ¿Qué le iba a decir cuando lo volviera a ver? No es como si hubiera sido algún delito, pero en este mundo los amigos no se besan sólo porque sí, y menos cuando se trata de dos personas solteras.

Tenía muchas preguntas en su cabeza y estaba comenzando a ponerse ansiosa. ¿Lo habrá echo sentir incómodo? Tenía que mantener la cabeza fría, no podía lograr pensar en una excusa creíble si tenía a Trevor en la cabeza metido todo el tiempo. Era ridículo que no pudiera pensar en nada más que esa risa encantadora, esos hoyuelos, esos ojos verdes brillantes, y ese olor de muerte. Había vuelto a esa época de la preparatoria en la que se babeaba por el chico que más le gustaba. Tenía todos los síntomas.

Era definitivamente un flechazo.

Capítulo 15: Un nuevo diagnóstico

Ciertamente el olor que desprende un hospital es muy indescriptible y muy característico. Quizás se deba al gran afán de los profesionales de este campo o más bien a algunos productos químicos que con frecuencia llenan las estanterías de este tipo de instalaciones. El caso es que este olor, sin llegar a ser desagradable, le provocaba un estado de nerviosismo a Trevor. Movía su talón izquierdo de arriba hacia abajo con ansiedad, apoyando el mentón sobre sus dedos.

Recibiría noticias sobre su condición actual. El médico se había comunicado con Phil- ya que fue el único que se inscribió como su guardián la noche del incidente–para decirle que su próxima revisión sería al día siguiente. Trevor no quería que Phil lo acompañara, pero tampoco quiso pedírselo a Olivia así que no tuvo más remedio que aceptar.

–¿Podrías parar de moverte?– le preguntó Phil sentado a su lado.

–Sabes que no me gusta este lugar– respondió cortante.

–Pues intenta relajarte, nos llamarán en cualquier momento– le sugirió Phil.

–No me digas que me calme, no fuiste tú el qué pasó dos meses encerrado aquí adentro– su entrenador suspiró y ladeó la cabeza para mirarlo.

–¿Alguna vez podrías hablarme sin querer mandarme a la mierda? Si tanto te incomoda que esté aquí, ¿porqué no le pediste a tu amiga que te trajera?

–No quiero que lo sepa, además no es mi maldito chofer para que me lleve a donde me plazca. Tiene mejores cosas que hacer que estar aquí– respondió Trevor cruzándose de brazos.

–Igual que yo, maldita sea. ¿Crees me gano la vida haciéndote favores? Lo menos que puedes hacer es agradecerme– rugió Phil cruzando los brazos también. Parecían casi padre e hijo. Phil se quejaba de las actitudes repugnantes de Trevor, pero lo cierto es que los dos eran iguales– Tuve que buscarte para que accedieras a venir. Ya ni siquiera vas a visitarme. Los chicos te extrañan, ellos no tienen la culpa de lo qué pasó. Y te prohibí entrenar en el gimnasio porque sabes que eres un cabeza dura, no porque te quería fuera de mi vida. Intento protegerte...a ti y a los demás.

Trevor guardó silencio. Phil tenía toda la razón, pero odiaba admitirlo.

–Lo sé y...lo siento–Phil lo volvió a mirar y esta vez un poco sorprendido. Trevor no pedía disculpas fácilmente. Ni siquiera hablada de sus sentimientos con facilidad. Era extraño verlo de esa manera–

Ha sido difícil para mí. Lo último que quiero es causarte dolores de cabeza. Sé que no escucho y lo hago todo a mi manera. Fue eso lo que me puso en esta posición en primer lugar.

–Es esa chica, ¿cierto?

–¿De qué hablas?

–Al menos me tranquiliza saber que está haciendo un cambio en ti. Es linda, pero no pensé que fuera tu tipo– Trevor levantó una ceja intrigado.

–¿Por qué? ¿Cómo se ve? ¿Es guapa?– Phil se sonrió al ver lo inquieto que estaba Trevor por saber.

–Lo es. Diría que tiene un aspecto casi adorable de no ser por esa personalidad que tiene.

–Su personalidad no tiene nada de malo.

–Es un poco fanfarrona. Solo digo que no es muy tu estilo. ¿Estás seguro de que quieres estar con esta chica?

–¿Quién dice que quiero estar con ella?– repuso Trevor.

–Puedo no ser tu padre biológico, pero te conozco lo suficiente como para saber que esa mujer te mueve hasta los huesos. Te han gustado muchas chicas a lo largo de los años, pero no como esta. Es diferente esta vez y estoy seguro de que lo sabes perfectamente. Por eso no quisiste traerla...te duele no poder verla. ¿Que pasará cuando el médico te dé las noticas que no quieres escuchar? ¿Se lo dirás?

–No.

–Entonces la harás sufrir– respondió Phil asegurándolo.

–Desaparecé de su vida antes de que eso pase. Ella no tiene ni idea de lo que siento y probablemente jamás lo sepa. Será como si nunca nos hubiéramos conocido.

Phil soltó un resoplido.

–¿Y qué siente ella por ti?

–No lo sé– le contestó Trevor cayendo en la cuenta de que en realidad no sabía si Olivia estaba interesada en él.

–Tienes tanto que aprender, niño. Lo único que sabes hacer es torturarte de todas las maneras posibles. No sé porqué lo haces, pero debes detenerte y reflexionar sobre las decisiones que vas a tomar de ahora en adelante. Eso que sientes no volverás a sentirlo con ninguna otra mujer. Un amor así se da solo una vez en la vida. Hay personas que pasan la vida entera tratando de buscar a su alma gemela o como que sea que lo llamen hoy en día pero tú, que la tienes justo frente a ti, comienzas a preocuparte por cosas estúpidas que al final no te llevarán a nada. Sólo a el arrepentimiento. Ya tienes edad para formar tu propia familia, Trevor.

–Pues ojalá fuera tan sencillo– le contestó Trevor con una sonrisa melancólica.

–Trevor Moses, favor de pasar a optometría– dice una voz femenina por el comunicador y los dos, Trevor y Phil se levantaron pars dirigirse hacia allá.

–No te pongas nervioso, sólo escucha lo que tiene que decir el médico. ¿De acuerdo?– le sugirió Phil antes de dejarlo entrar a la oficina del doctor. Trevor asintió con la cabeza y entró cerrando la puerta tras de sí.

–Trevor– el doctor lo recibió con una cálida sonrisa y un fuerte apretón de manos– Es bueno volver a verte. Imagino que no estás muy cómodo poniendo los pies nuevamente en este hospital.

–No pudo decirlo más claro– Trevor halló como pudo una silla a su derecha y se sentó– Hágame un favor y termine con mi martirio de una vez. Vayamos al punto, Doc. ¿Voy a volver a ver o no?

El doctor se sentó y tomó el expediente médico de Trevor. Ya estaba acostumbrado a su actitud. No era la primera vez que se hablaban de esa manera tan recia.

–Trevor, siempre he sido transparente contigo. Lo que te voy a decir pueden ser buenas o malas noticias, dependiendo de cómo lo tomes. Mis colegas y yo hemos estado revisando tu caso con detenimiento y creemos que la cirugía ambulatoria no será suficiente para que vuelvas a recuperar la vista.

–¿Entonces cuáles son mis opciones?

–Por ahora sabemos que no estás completamente ciego, es decir puedes distinguir algunos colores y figuras, y eso es bueno. Pero la magnitud de los golpes fue tan devastadora que...creemos que la mejor opción para ti es hacer un transplante de córnea lo más pronto posible. La mayoría de mis pacientes no han tenido ningún problema, pero tú escaso es especialmente diferente. En el peor de los escenarios, tus ojos podrían rechazar el transplante y quedarte ciego indefinidamente.

Las palabras del doctor comenzaron a sentirse lejanas. Trevor ya no escuchaba lo que le decía. Su cabeza daba vueltas y estaba comenzando a sentirse un poco mareado. El corazón le latía fuerte, estaba asustado. Sintió que se desplomaría en cualquier momento en esa silla. La idea de quedarse ciego para siempre era devastadora. ¿Cómo iba a vivir así? ¿Que pasaría con el boxeo y con Olivia?

–No es un proceso complicado, pero tienes que tomar una decisión. Te sugiero que hables con alguien de confianza para que te acompañe durante el proceso. Puede que tardes dos meses en volver a ver perfectamente, si ese es el caso. Hasta entonces sigue usando los lentes y evita meterte en alguna pelea. Tú cerebro es lo más valioso que tienes, no lo olvides.

–Bien– contestó Trevor.

–Dime, ¿haz seguido con los dolores de cabeza? Si son demasiado frecuentes, te puedo recetar algunas píldoras para el dolor.

–No. No es necesario.

–Excelente, en ese caso me encargaré de enviarte todos los papeles previos a la cirugía. Como la confirmación y todo eso.

–¿Cuanto tiempo tengo para pensarlo?– preguntó Trevor.

–Asegúrate de que no sean años o meses. El momento de intervenir es ahora, en mi opinión un par de semanas serían más que suficientes.

–De acuerdo.

Capítulo 16: Peleas clandestinas

Pese a que había estado preocupada pensando en la vergüenza que había sentido al haberle dado el "casi beso" a Trevor la noche anterior, esos temores no podían compararse con la obsesión que sintió al día siguiente. Mientras terminaba algunas vasijas de arcilla para la subasta, de repente se sorprendió a sí misma sonriendo baboliconamente al pensar en él. Incluso los gritos de Margarita del apartamento de arriba para que le bajara la música, no consiguieron empañarle el humor.

Más tarde, mientras cenaba con su madre, ella ni siquiera intentó ocultar la risita de satisfacción que le dio a entender que era plenamente consciente del efecto que Trevor tenía sobre ella.

Después de la cena, Olivia fue como de costumbre al apartamento de Trevor para conversar como hacían siempre. Se notaba más distante de lo normal. Por un momento pensó que había sido por el beso, pero luego se dio cuenta de que no fue así. Ni siquiera mencionaron el tema, no surgió ni por accidente. El viernes, ocurrió más de lo mismo. Ella acompañándolo a entrenar muy temprano en la madrugada y luego volvían al condominio sin decirse nada. Era evidente que él intentaba evitar cualquier conversación con ella. Definitivamente algo pasaba con él, ella lo sabía. Ya ni siquiera le lanzaba indirectas, chistes estúpidos con doble sentido o se reía de sus cosas. Ni siquiera la llamaba bichito. Simplemente ya no le hablaba. Se mostraba molesto, podría decirse que triste.

La semana después de esa, Olivia decidió darle su espacio. Tal vez al pasar tanto tiempo juntos, necesitaba tener su propia privacidad. Tal vez sentía que lo estaba agobiando de alguna manera. No quería hacerlo sentir así. Pero luego sus viejos compañeros de entrenamiento comenzaron a visitarlo constantemente y aveces no llegaba al condominio. Estaba haciéndola a un lado y no entendía el porqué. No quería sentirse mal por el rechazo, pero no podía evitarlo. Actuaba como si no la conociera, como si no le importara. El sábado, Olivia había salido a recoger una orden de pinceles y arcilla roja que había mandado a buscar desde el internet. El precio de envío le había salido mucho más caro que el precio del producto. Pero lo necesitaba y además eran de la mejor calidad. Estaba ansiosa por mostrarle a Trevor su escultura sorpresa, sería el gran final para la subasta. Ya se la había mostrado a Saura y le encantó. Pero quería saber la opinión de Trevor primero.

Olivia sacó como pudo la pesada caja de materiales del auto que había recogido del correo, cerrando la puerta trasera de golpe, y se encaminó hacia la entrada del condominio. Volvió a saludar al guardia de seguridad y caminó en dirección hacia las escaleras, hacia su apartamento, pero se topó con Josh. Parecía calmado y contento. La miró y se detuvo.

–¿Cómo estas, Olivia?– preguntó Josh con amabilidad. Olivia ya no se sentía cómoda teniéndolos cerca, el tiempo que pasaba con Trevor ya no estaba. Se sentía excluida.

–Bien, llena de trabajo...creo– confesó siendo sincera.

–¿Trabajarás en algo?– musitó Josh echándole un vistazo a la caja.

–Si, es un proyecto creativo para una subasta. Tú y los demás deberían ir. Será dentro de poco, digo...si les gustan ese tipo de cosas– dijo ella.

–Por supuesto, no somos tan cavernícolas como parecemos. Tú dinos la fecha y la dirección, y allí estaremos– le contestó y ella sonrió un poco.

–¿Vas de salida?

–Si, bueno estoy esperando a los demás. Están con Trevor arriba, creo que bajarán en un segundo. Ha pasado tiempo desde la última vez que salimos todos juntos así que iremos a ver una pelea– Olivia levantó una ceja.

–¿Una pelea? ¿Qué tipo de pelea?

–Peleas clandestinas, hay mucho dinero envuelto. Algunos apuestan hasta sus propios negocios. Íbamos seguido antes del incidente– confesó él.

–¿Es seguro? Es decir, Trevor no peleará, ¿verdad?– preguntó preocupada y Josh la observó. Ni él mismo estaba seguro de eso.

Al momento, los demás chicos y Trevor aparecieron bajando las escaleras. Esa vez no llevaba a Enzo con él. Uno de ellos, Ayden, lo tomó del hombro para guiarlo con facilidad.

–Trevor, ¿podemos hablar?– le preguntó ella directamente aún con la caja en las manos, pero él pasó de largo. Como si no la hubiera escuchado– Trevor– volvió a repetir su nombre de manera más demandante.

Josh la miró y negó con la cabeza para que no siguiera insistiendo.

–Trevor, te estoy hablando– volvió a decir interrumpiendo la conversación que tenían– ¿Qué es lo que tienes, por qué no me hablas?

Comenzaba a notarse el enojo en la voz de Olivia. Su garganta comenzó a calentarse y sus ojos a mojarse gradualmente. Cuando estaba realmente molesta, no podía evitar llorar de la rabia. No sabía cómo expresar su enojo. Dejó la caja en suelo y se cruzó de brazos mirándolo fijamente.

–¿Quieres que te demos unos minutos?– le preguntó Ayden en casi un susurro, pero Trevor inmediatamente negó con la cabeza.

–Se nos hará tarde– fue lo único que respondió Trevor antes de volver a darse la vuelta para seguir caminando. Josh miró a Olivia. Estaba realmente enojada.

–¡Bien, haz lo que quieras! ¡Tengo mejores cosas que hacer que estar preocupándome por ti!– gritó ella– No me importas en lo absoluto. Si te pasa algo, que no se te ocurra acudir a mi, ¡¿me oyes?!–Olivia se agachó, tomó la caja y subió las escaleras para adentrarse a su apartamento de un portazo.

Trevor siguió su recorrido intentando que sus palabras no le afectaran y se adentraran en su cabeza. Lo que hacía, lo hacía por una razón. Era él el que no la estaba pasando del todo bien y Olivia no lo entendía. Jamás lo entendería. Sentía coraje con todo y quería sacarlo de alguna manera. Y esa manera...sería peleando. No le había dicho nada a sus compañeros, pero luego del comentario de Olivia, Josh comenzó a tener una fuerte sospecha sobre lo que haría. Los resultados de esa pelea no serían buenos, pero tampoco tenía planeado ponerse a discutir con él.

Primero, porque le doblaba el tamaño y segundo, porque probablemente Trevor lo rompería a la mitad si llegaban a pelearse entre ellos. Era difícil de lidiar. Obviamente no permitiría que le dijeran qué hacer. Además estaba bastante grande para tomar sus propias decisiones.

Josh, Ayden, Luke y Ronald llevaron a Trevor hasta el night club donde surgían todas las peleas ilegales de la ciudad. El lugar lo cuidaban un par de gemelos y sus novias solo para ganar dinero fácil. Trabajaban en el bar así que ganaban extra sin contar con todas las apuestas que se hacían. Aveces apostaban miles de dólares. Solo habrían cada dos fines de semana, debían asegurarse de que la policía no los descubrieran y les cerraran el lugar. Había una gran jaula en el centro donde los contrincantes se encerraban a pelear. El lugar era oscuro y parecía un poco oxidado. Estaba repleto de gente. Casi no se podía caminar con mucha libertad, todos estaban de frente.

–Buscaré algunas cervezas, díganme quién será el siguiente en pelear– dijo Luke muy animado.

–Espera, voy contigo. Esa chica me está mirando un poco interesante– comentó Ronald señalando a una chica en el bar y Ayden le pegó en la nuca.

–No estamos aquí para eso, vinimos a divertirnos. No a jugar con chicas.

–Está bien, pero no me pegues. La próxima te la devuelvo– se quejó Ronald abandonado el lado de sus compañeros junto a Luke.

La música estaba alta y en sí era un poco fuerte. Tanto, que hacía que la cabeza de Trevor diera pulsaciones. Le quería estallar. Tenía tanto estrés que debía sacarlo de alguna manera u otra.

–¿Dónde está la entrada de la jaula?– le preguntó Trevor a Ayden que estaba más cerca de él.

–Está a tu izquierda– le contestó por encima de la música prestándole atención a su teléfono. Trevor asintió y Josh lo miró alarmado. Se le acercó corriendo y lo tomó del antebrazo.

–Trevor, ¿qué vas a hacer?– Josh era el más apegado a Trevor desde que eran adolescentes. Eran mejores amigos, casi hermanos. Así que se sentía con la responsabilidad de cuidar de él. Pero normalmente era al revés.

–Porqué mejor no me sueltas en vez de preguntarme lo que voy a hacer– le contestó Trevor fríamente. Estaba cansado de todo, de que lo trataran como si estuviera moribundo. Josh aflojó su agarre hasta que lo soltó completamente.

–No hagas nada estúpido– le pidió Josh. Sabía que Trevor guardaba algo. Cuando se comportaba así significaba que sus emociones no iban bien. Si no lo sacaba, era probable que explotara con alguien más.

–Sólo asegúrate de que Olivia ni Phil se enteren de esto– demandó Trevor.

–¿Cómo pretendes que no les diga? ¿Piensas que pasarán por alto los golpes que van a ver en tu cara? O mejor dicho...la caja en la que vas a estar después de esto porque vas a estar dos metros bajo tierra. Como un carajo, Trevor, no puedes ver– Josh soltó un suspiro intentando calmarse– Sea lo que sea, lo resolveremos, pero no de esta manera. No estás pensando con la cabeza fría.

–Si no te gusta, entonces no mires– le dijo Trevor antes de alcanzar la puerta de la jaula. El presentador estaba frente a ella así que lo detuvo poniéndole una mano en el pecho.

–Oye, tranquilo. No puedes pasar si no estás en la lista.

–Una lista. ¿Qué es esto, un concurso de belleza?– respondió Trevor como si fuera la peor de las bromas.

–Son las reglas– respondió él.

–Escucha niño, por tu voz probablemente te doblo la edad. ¿Cuantos años tienes, 15?

–Tengo 19 y si no puedes seguir las reglas, tendrás que calmarte e inscribirte en la lista– le advirtió el chico y Trevor se quitó los lentes comenzando a molestarse. El chico lo miró fijamente y se sorprendió al ver que no le seguía la mirada.

–Antes de que comiences a decir otra cosa estúpida, Sí. Soy ciego y no es novedad. O te haces a un lado o mandaré tu trasero al mismísimo infierno. No estoy de humor para escuchar esta mierda.

–Está bien, está bien– le dijo para que se calmara–Pero si pasa algo ahí adentro, no nos haremos cargo. ¿De acuerdo?

–Ahórrate el maldito discurso y muéstrame a tu mejor peleador.

Capítulo 17: Arreglando cuentas

El chico se detuvo a pensar por un momento si debía acceder a la insistencia de Trevor por querer pelar o no. Miró a la fila de contrincantes un poco apartada de la jaula y le hizo una señal con la mano a los hombres que la vigilaban. Se trataba de una señal especial, significaba que debían dejar salir a al mejor de los mejores. Si Trevor quería pelear, entonces lo harían de verdad.

–De acuerdo, entra– le dijo el chico y Trevor continuó– No puedes tener ningún objeto punzante o de metal. Tenemos nuevas reglas. La última vez apuñalaron a alguien y ni siquiera fue dentro de la jaula. Queremos evitarnos problemas con la ley. Todos los que sean posibles así que intenta que no te maten.

Trevor se quitó el reloj, su teléfono y la billetera de sus pantalones con intención de entregárselos al muchacho. Lo tomó fuertemente de la muñeca y lo acercó hasta él.

–Si se te ocurre robarme, te quedarás sin manos. ¿Entendiste?– le advirtió Trevor y el muchacho asintió.

–Jamás le robaría a un ciego de todas formas– se quejó– No podrás salir de la jaula hasta que la pelea se termine. Serán dos rounds de dos minutos. Si logras resistir ese tiempo, entonces te convertirás en el nuevo campeón. ¿Estás seguro de que quieres hacer esto?

–Niño, no es mi primera vez.

–Bien–Trevor se quitó la camisa y el muchacho la tomó. Sacó un papel y bolígrafo del bolsillo para comenzar a anotar– Peso, estatura, y nombre de luchador...

–98 kilos, un metro noventa y siete, colmillo blanco–respondió adentrándose en la jaula.

El joven cerró la puerta y sostuvo el micrófono con precisión para comenzar a presentar a los luchadores. Los peleadores de la lista comenzaron a abuchear y a quejarse diciendo palabrotas de lo más bajo. Algunos llevaban esperando casi tres horas para poder entrar a la jaula. Era normal que estuvieran enojados.

–Damas y caballeros...esta es nuestra quinta pelea de la noche y quizás la más interesante que hayan visto. Aquí, en las puertas de la jaula maldita, presenciaremos la gloriosa batalla entre un hombre ciego y nuestro campeón. En nuestra esquina derecha, con una estatura perfecta de un metro noventa y siete y una peso ideal de 98 kilos...¡El colmillo blanco!– gritó el presentador con mucha euforia. La audiencia estaba enloquecida con lo que habían escuchado y de inmediato comenzaron a hacer sus apuestas.

Ayden, Luke y Ronald se quedaron estáticos al darse cuenta de que se trataba de Trevor. Era una completa locura. Ya no había manera de sacarlo de allí. Se pasaban las manos por el cabello desesperados, no estaban seguros de qué hacer.

–Y en nuestra esquina izquierda tenemos a nuestro campeón, con una estatua de un metro ochenta y un peso de 69 kilos, ¡Puño de acero!– volvió a gritar el presentador viendo cómo entraba a la jaula.

Trevor frunció el ceño y levantó las cejas al recordar ese nombre. Terry Douglas, el hombre que le había arruinado la vida, se encontraba a solo seis pies de distancia de las garras de la muerte. Si alguien tendría que sacrificarse en esa jaula, de seguro no sería Trevor. Era como si esa noche de enero se estuviera repitiendo otra vez. El destino les estaba regalando otra oportunidad para cambiar el rumbo de la historia.

Esa noche el colmillo blanco arreglaría cuentas.

–Mierda– musitó Josh con los nervios al borde. De todas las personas, el contrincante tuvo que haber sido la persona que Trevor más odiaba en el mundo. Terry Douglas era un embustero engañoso. Podría esperarse cualquier cosa de él, menos ganar una pelea justa. Tenía miedo de que Trevor no saliera de allí esta vez.

El incomparable puño de acero se encontraba quieto, sin mover ni un solo músculo. Tampoco podía creerse que el gran Trevor Moses estuviese de pie frente a él recuperado y con todas las ganas del mundo de acabar con su vida. Sabía que tarde o temprano vendría por él, por todo lo que había le había echo. Todas las críticas y los representantes que pudo haber tenido en ese entonces se esfumaron.

Todo a cambio de un poco de dinero sucio y un título que no se merecía. Sabía que Trevor era el mejor, pero si la ceguera no podía detenerlo, entonces qué lo haría.

–¿Están listos para la pelea?– gritó el presentador y todos respondieron con un "sí"–Pregunté, ¡¿están listooos?!

Todos comenzaron a gritar y a silbar. Era toda una novedad.

Era momento de pelear.

¡Tin-Tin-Tun! La campana sonó tres veces dándole comienzo a la batalla. Terry comenzó a mover sus pies con agilidad intentando planificar su primer golpe. Obviamente no dejaría que un hombre ciego lo hiciera quedar en ridículo frente a más de 400 personas así que sólo se decidió. Se acercó lo suficiente y lanzó el primer golpe en dirección al estómago. Era difícil para Trevor seguirle el paso, no podía ver absolutamente nada. Siguió recibiendo golpes uno tras otro, otro, y otro. Cada puñetazo que recibía lo hacía enojar aún más. Se cubría la cara con los antebrazos e intentaba resistir. El sudor le recorría la cara y terminaba bajando por todo su torso. No podía permitirse dar el siguiente paso aún. Debía analizarlo y memorizar su técnica. Era un poco más bajo que él y su rutina no era nada del otro mundo. Solo tenía que lograr sincronizar su cabeza con sus pies. El boxeo era difícil, siempre se había esforzado en perfeccionar sus habilidades. Ahora tenía que aprender a ver sin sus ojos.

Acalló el sonido de su respiración mordiéndose los dientes con fuerza y comenzó a centrarse en el ruido. Podía escucharlo todo, hasta el más mínimo suspiro de la gente. Despejó su mente por un segundo dejándose llevar por el ritmo que hacían las pisadas de su rival. Daba dos pasos al frente y dos hacia atrás continuamente. Los dos minutos del primer round estaban a punto de terminarse. Si quería asustarlo de verdad, tenía que dar el golpe ahora.

Como si se tratase de un salto de fe, Trevor se posicionó. Endureció su puño izquierdo, lo levantó y lo dejó pegado en la nariz de Terry. Lo hizo con tanta fuerza que casi pudo escuchar el zumbido del aire que impulsó su pesada mano. Terry languideció al instante. El golpe lo tenía atontado. La nariz rota le sangraba de sobremanera manchándole toda la cara.

Todo el mundo guardó silencio como si se tratase de un momento decisivo. Faltaban diez segundos para acabar con el primer round. Los compañeros de Trevor se adentraron entre la multitud con agresividad para poder llegar a las rejas de la jaula y gritarle que no se detuviera.

–Golpéalo, maldita sea. ¡No te quedes ahí!– le gritó Josh para despertarlo.

–¡Acaba con él!– gritó Ayden aún más fuerte. La cuenta regresiva comenzó desde la boca del presentador y toda la multitud.

Con una trayectoria ascendiente, Trevor se movió con mucha agilidad hasta lograr castigar su zona abdominal. Le golpeó la cara exactamente cinco veces seguidas y continuó mezclando su técnica con un perfecto "Jab" en la mandíbula. Estaba exprimiendo toda su furia con el cuerpo de Terry Douglas como si fuera un simple saco de papas. Sus manos se cubrieron de una sangre espantosa, pero lo sintió realmente liberador. No lo dejaba apartarse para respirar ni siquiera un poco. Lo tenía acorralado.

Siguió golpeándolo hasta que lo acorraló en una esquina de la jaula, presionándole la garganta con el antebrazo. Estaban tan cerca que podía oler la sangre de su cara. El pecho de Trevor subía y bajaba agitadamente.

–Me arruinaste, hijo de perra. ¿Acaso tienes una idea de todo lo que he tenido que pasar?– le gruñó Trevor con rencor. Estaba tan enojado que conseguía la fuerza suficiente para ahorcarlo aún más– Por tu culpa no puedo hacer nada, ni siquiera puedo verla.

–Lo...s...siento– musitó Terry casi en un susurro. Se le estaba haciendo difícil respirar. A pesar de que le había dado la paliza del siglo, Trevor no se sintió completo. Realmente pensó que cuando llegara el día en que se enfrentara cara a cara con su peor enemigo liberaría su alma y se sentiría satisfecho por haber tomado venganza. Pero, no. Lo único en lo que pensaba era en Olivia. Quería estar con ella y decirle todo lo que sentía, todo lo que llevaba por dentro y el porqué intentaba separarse de ella a toda costa. No quería lastimarla, eso sería lo último que tendría en mente.

–Si fueran otras circunstancias, seguramente no me molestaría en ir a prisión después de haberte matado con mis propias manos. Agradece que tu ángel guardián se llame Olivia Eloise Hassan– al escupir esa pavorosa amenaza, Trevor aflojó su agarre y en el momento que lo dejó caer al suelo la campana del primer y último round había sonado.

Capítulo 18: El problema

Trevor memorizó los pasos que había tomado antes de entrar y salió de la jaula totalmente adolorido. El dolor en las costillas era fuerte. El presentador se tomó la libertad de anunciarlo como ganador frente a todos los espectadores, era evidente que ya no habría un segundo round. Terry no podía levantarse del suelo. Todos se quedaron sorprendidos con semejante resultado, realmente había sido épica esa pelea. Todos gritaban en cánticos el nombre de colmillo blanco y lo felicitaban a medida que iba caminando en dirección a sus compañeros.

–Estás realmente mal de la cabeza– comentó Ronald soltando una risa– Definitivamente te dejaron caer cuando naciste.

–No puedo creer que ganaras– dijo Josh sin saber muy bien qué decir. Luke y Ayden comenzaron a frotarle la cabeza en forma de felicitación y Trevor se quejó.

–Ya basta, quiero irme de aquí– respondió él con la mano en el área de las costillas. Estaba cansado y traía sangre por todas partes.

–Tienes razón, deberíamos salir a celebrar. Esto es una locura, ahora puedo creer lo que sea– dijo Ayden realmente emocionado. Josh los miró y detuvo a Trevor.

–No iremos a festejar a ninguna parte, vamos al hospital.

–No voy a ir a ningún hospital de mierda, no me gustan– repuso Trevor y todos se miraron. Estaba muy adolorido, no podían dejarlo así.

–Pues tu opinión no tiene relevancia. Ya le mandé un mensaje a Phil, dijo que nos verá a allá y también le avisé a Olivia.

–¿Que hiciste qué?– preguntó Trevor enojado– Te dije minuciosamente que NO les dijeras nada. ¿Sabes el problema en el que me acabas de meter?– dijo frustrado– Olivia va a matarme.

–¿Por qué te preocupas tanto por todo lo que diga o piense esa chica?– dijo Ronald como si fuera tonto– No es para tanto.

Josh, Luke y Ayden lo miraron de forma incrédula. Debía ser demasiado estúpido para no darse cuenta de lo que era que significaba Olivia para Trevor.

–Dios, cierra la boca, Ronald– dijo Josh rodando los ojos.

–¿Y ahora qué dije?– preguntó Ronald haciendo un gesto con las manos.

–Vayámonos de aquí– volvió a decir Trevor comenzando a caminar, pero el presentador los detuvo antes de que salieran. Corrió hasta ellos y le extendió un sobre.

–Oye, te lo ganaste– Trevor ni siquiera se molestó en fruncir el ceño. Sabía perfectamente qué era lo que le estaba ofreciendo.

–Gracias, pero no lo quiero– concluyó.

–¿Cómo que no lo quieres? Es mucho dinero, ¿sabes lo que daría toda esta gente por esta cantidad?– dijo el presentador como si fuera absurdo.

–Niño– suspiró Trevor– Regla número uno del boxeo, el éxito en la vida no se mide por los premios que puedas recibir, si no por obstáculos que puedas superar. No necesito ese dinero, no vine para eso– todos sus compañeros guardaron silencio. Trevor podría parecer malhumorado e inmaduro, pero en realidad era el mayor de los cinco. Por algo lo llamaban el gran Trevor Moses, el colmillo blanco. Vivía y aprendía de sus experiencias. No era el más sensible, pero sí el más sensato–Ahora, si me disculpas quisiera irme a la mierda de aquí. Estoy cansado, me duele las costillas y aún tengo que escuchar otros dos regaños.

–De acuerdo– el muchacho sonrió con satisfacción y dio un paso atrás.

Como lo había prometido, Josh los había llevado a todos al hospital central de Londres. La sala de emergencias estaba repleta esa noche. Al parecer a muchos les dio con romperse los huesos y abrirse los cráneos del aburrimiento. Trevor no quiso atenderse, pero Phil lo obligó a hacerlo. Estaba tan enojado que parecía que le rompería la cara en cualquier momento. No sólo Trevor se llevó el insulto del siglo, también los muchachos.

–Esto es insólito, ¿qué diablos es lo que les pasa? ¡Les dije que no lo llevarán allí, maldita sea! ¿Acaso no tienen sentido común?– rugió Phil dándoles a cada uno un golpe en la nuca– Y tú– dijo señalando a Trevor quien estaba sentado en una camilla mientras una enfermera le tomaba los vitales. Estaba un poco asustada– No sabes la suerte que tuviste al haber ganado esa pelea. ¿Esto te parece divertido? Actúas como otro niño.

–Tranquilízate, ellos no sabían nada. Si tienes que desquitarte con alguien hazlo conmigo.

–¡Por supuesto que voy a desquitarme contigo! ¡Con todos ustedes! Estoy cansado de sus tonterías, malditos ingratos. Maduren de una buena vez– gritó Phil sacando una caja de cigarros de su bolsillo–Un día de estos van a causarme un infarto.

–Señor, no puede fumar aquí– le dijo la enfermera a punto de irse.

Phil tomó su abrigo totalmente malhumorado y esperó a que la enfermera saliera primero.

–Phil, vamos no te pongas así. ¿A dónde vas?– le dijo Josh.

–A fumar– contestó sin mirar atrás y antes de irse echó un vistazo a la sala de espera donde vio a Olivia preguntando desesperadamente por Trevor. Traía lágrimas en los ojos y la ropa manchada de arcilla roja. Por un momento él también se sintió culpable. Probablemente habría estado trabajando y no dudó ni un segundo en ir al hospital tras escuchar la noticia.

–Señorita, tiene que tranquilizarse. Tenemos demasiados pacientes en línea, si tan sólo pudiera esperar en algún asiento...

–No hace falta– dijo Phil interrumpiendo a la recepcionista–Ella viene conmigo.

Olivia lo miró intentado limpiarse las lágrimas, pero en realidad no era de mucha ayuda.

–¿Donde está Trevor?– fue lo primero que le dijo.

–Cortina siete a la derecha–le respondió dándole una palma dita en el hombro.

–¿Puedo pasar a verlo? Iré a verlo– dijo exasperada como si estuviera pidiéndole permiso para irse. Phil asintió con la cabeza y ella solo corrió.

Comenzó a pensar en un y mil cosas. Si lo perdía no sabía lo que haría. Habían pasado demasiadas cosas juntos. No quería tener que despedirse, era demasiado pronto. No estaba preparada para eso.

–Ay, no. Trevor...– comentó Ayden al haber sido el primero en ver a Olivia.

–¿Que pasa?– preguntó Trevor y unos segundos después sintió el cuerpo de Olivia junto a él, abrazándolo tan fuerte que sintió que le rompería las costillas. Sus llantos eran fuertes y sus manos temblaban.

–Olivia– musitó él al sentirla así de cerca, sabía que era ella.

–¿Por qué tienes tanta sangre encima? Mira tus golpes, ¡¿porqué estás así?!– dijo asustada al ver toda la sangre seca en su torso y los moretones en el pecho y las costillas. A Trevor se le rompió el corazón de inmediato, no pensó que iba a reaccionar de esa manera.

–Pensé que dijiste que no te importaba– le contestó.

–!Por supuesto que importas, idiota!– Trevor guardó silencio guardando esas palabras en su corazón– ¡Te dije que no fueras a pelear!

–Oye, tampoco le grites– repuso Ronald.

–Cállate– le dijo Trevor con firmeza–Váyanse, déjenme a solas con Olivia.

–¿Estas hablando enserio?– preguntó Ronald y los demás lo miraron– De acuerdo, nos vamos– los cuatro salieron de la "habitación" cerrando la cortina al salir. Olivia estaba realmente furiosa, se le notaba en la mirada.

–Te pedí que me escucharas y aún así te fuiste. Cada vez que te hablo no me prestas atención, me ignoras como si no me conocieras. ¿Qué es lo que te pasa? Tú y yo teníamos un trato– dijo Olivia sollozando.

–Estoy bien, no me pasó nada. Ya me revisaron– le contestó Trevor y Olivia se enfureció más.

–¡Ese no es el punto! Rompiste tu promesa, dijiste que no pelearías bajo ninguna circunstancia. No tienes una idea de lo que preocupada que estaba. ¿Por qué no confías en mi como antes? Ni siquiera quieres estar cerca de mí. ¿Qué te hice para que me hagas esto?

Cada palabra oprimía el pecho de Trevor.

–No es así– dijo pasándose una mano por el cabello–¿Podrías dejar de llorar, por favor?– le preguntó con sutileza. Como si quisiera calmarla.

–¿Por qué, ahora te pongo incómodo? No es para nada justo. Nada de esto lo es–dijo ella cruzándose de brazos.

–Olivia, no entiendes nada– le dijo sincero y ella lo miró incrédula.

–Entonces dime qué es. ¿Qué es lo qué hay en tu cabeza que te tiene así? ¿Cuál es el problema? No lo entiendo, Trevor– contestó exasperada haciendo un gesto de manos.

–Tú eres mi problema– dijo Trevor levantando la voz. Olivia se calló y lo miró comenzando a llorar otra vez.

–¿Qué?

Capítulo 19: Antes de empezar

—Al menos eres gran parte del problema– volvió a decir Trevor.

–¿Qué estás diciendo? No he echo nada para lastimarte, ¿por qué tienes que ser tan cruel?– sollozó abrazándose los brazos.

–N-no es eso. No me has echo nada malo– contestó Trevor debatiéndose. Sintió que no era el momento de decirle lo que sentía por ella, quería hacerlo pero no estaba seguro de dar el paso –Es complicado. No puedo explicártelo porque no lo entenderías.

–Tienes razón, no lo entiendo. Solíamos llevarnos tan bien...ha sta pensé que entre nosotros podría haber algo especial– se sinceró Olivia hablando de más. Estaba demasiado sentimental para callarse las cosas–Pero sólo confundí las cosas y al final también rompí la última regla de nuestro trato.

–Olivia.

–Soy tan estúpida– Trevor la detuvo con suerte sosteniéndole el antebrazo antes de que diera un paso atrás–Cómo pude pensar que tú también...

–Basta.

–Hubiera sido más fácil si no nos hubiéramos conocido en primer lugar, tal vez así no me sentiría tan dolida por todo lo que me estás diciendo–Olivia levantó su mano con intención de limpiar sus lágrimas, pero Trevor encontró la fuerza que le quedaba, la aprisionó en sus brazos y la besó.

La sintió tan pequeña. Su cuerpo era delicado y muy femenino. Sus manos le recorrieron la espalda llegando hasta su nuca donde pudo entrelazar sus largos dedos por su corto cabello y poder acercarla aún más. Los labios de Olivia eran suaves y carnosos. Justo como los había imaginado. Y lo más sorprendente es que besaba bien, muy bien. Sus labios danzaban sensualmente con los de él. Era una combinación perfecta.

Olivia soltaba pequeños suspiros. Su corazón latía con mucha fuerza y pensaba que iba a desmayarse si seguía besándola de aquella manera tan voraz. Sus labios ardían y se humedecían con cada beso. Se separaron un momento sin ganas para tomar aire y juntaron sus frentes.

–¿Por qué hiciste eso?– susurró ella aún con los ojos cerrados. Disfrutando de los rastros de aquellos besos. Embelesada con su cercanía.

–Tenía que hacerlo...al menos una vez– le respondió Trevor con la respiración agitada– No debí poner esa tonta regla desde el principio, pero no quiero hacerte daño. No quiero que llores por mí– le tomó el rostro con las dos manos–Tienes que alejarte de mí, no soy bueno para ti– le suplicó.

–Por Dios, qué dices. Eso no es cierto– respondió desesperada. Estaba realmente enojada y confundida. ¿Por qué le dio ese magnífico beso y luego quería que se alejara de él? No entendía absolutamente nada.

–Olivia, no sé si voy volver a ver de nuevo. Mi diagnóstico cambió y ahora lo único que me queda es tomar una decisión. No tengo muchas probabilidades, ¿entiendes? Puedo quedarme ciego el resto de mi vida.

–Eso a mí no me importa, nunca me ha importado y lo sabes. No es justo que quieras alejarme después de todas las cosas que hemos pasado juntos.

–A mí sí me importa– repuso él– No puedo seguir involucrándote en mi vida. No importa lo loco que me vuelves cuando te me acercas, lo bien que la pasamos juntos, lo magnífico que hueles o lo bien que se escucha tu voz cuando me hablas. No quiero que te pierdas de todas las cosas buenas que alguien más pueda darte. Mereces a alguien que te presuma y que te diga lo guapa que te vez todos los días. Mierda, mereces a alguien te vea. Yo no soy para ti, Olivia.

–¿Y qué hay de mi? De lo yo siento. ¿Acaso tampoco importa? ¿Por qué nos rompes antes de empezar?

–Por que no funcionará.

–Eso no lo sabes.

–Lo digo porque lo sé– respondió él con firmeza– Si te dije que no te encariñaras conmigo desde un principio fue por una razón. No quiero ser egoísta.

–¡Pero yo quiero que lo seas!– ella gritó y sostuvo las mejillas de Trevor para mirarlo fijamente a los ojos– Quiero que lo seas...Ya es demasiado tarde para que me digas que me vaya– se acercó a su rostro rozando su nariz con la de él, los ojos le ardían de tanto que había llorado.

–Tienes que irte– le susurró él haciendo un gran esfuerzo por separarse, pero ella no se lo permitió. Comenzó a besar sus mejillas haciéndole perder la razón.

–No– dijo encaprichada.

–Olivia, por favor– le suplicó embelesado sintiendo el reguero de besos por sus mejillas. Olivia llegó hasta su boca y se quedó allí, tentándolo con el aliento.

–No– le repitió ella decidida a volver a besarlo y cuando estuvo lo suficientemente cerca de él puso su dedo pulgar en su labio inferior acariciandolo con suavidad. Se morían por besarse–Si me voy...¿crees que podría olvidarme de ti o tu podrías olvidarte de mi?

–Yo...–la respuesta de Trevor se vio inmediatamente interrumpida por la enfermera de antes, la cual había entrado sin avisar. Una mala costumbre del oficio.

–Lo siento, no pensé que estaban en una conversación– respondió apenada– Señor Moses, ya puede irse a casa. Le recetamos unos medicamentos para el dolor, será un tratamiento de 24 horas así que asegúrese de tomarlo durante las horas prescritas. En un momento vendrá alguien a inyectarle unos analgésicos para que pueda dormir bien esta noche. ¿Tiene alguna pregunta?

Trevor exhaló por la nariz sintiéndose algo frustrado. Olivia se apartó un momento, pero no demasiado, dándole espacio para hablar.

–No, gracias– le agradeció recordando que Olivia estaba frente a él.

–Bien– dijo la enfermera y se retiró dejándolos solos.

–¿Ya se fue?– le preguntó y ella asintió con la cabeza–¿Asentiste con la cabeza?–volvió a preguntar sosteniendo una pequeña sonrisa.

–Sí, lo siento– le contestó Olivia de brazos cruzados derritiéndose con esa sonrisa que se le había escapado. No podía estar molesta con él ni aunque lo intentara.

–Olivia– dijo Trevor tomando una postura más seria.

–Déjame hacerte una pregunta– repuso ella dando un paso al frente.

–No, escúchame tú a mí primero lo que tengo que decir– Olivia lo calló volviendo a presionar sus labios con los de ella. Las cejas de Trevor se levantaron como si le gustara.

–Cállate de una vez y déjame hablar–demandó ella con la respiración agitada. Trevor no habló, estaba demasiado ocupado disfrutando de los suaves besos de Olivia. Eran sensuales y los incitaba a tener más. Mucho más– ¿Te molestaría tanto que te hiciera feliz?

–Claro que no– se sinceró y pasó su mano por su brazo, deslizándola suavemente hasta llegar a la mejilla– Pero yo no puedo hacerte feliz. Te cansarás y todos te dirán que cometiste un grave error al haberte fijado en mi. A penas tienes 22 años, Olivia, tienes cosas más importantes que hacer que estar atada a alguien como yo. No voy a dejar que desperdicies tu vida de esa manera.

–No sabes todo lo que me haces enojar, Trevor– dijo Olivia aclarándose la garganta.

–Lo siento– dijo él sintiéndose culpable. Ella asintió con la cabeza–Pero las cosas deben ser así.

–Estoy tan molesta que podría matarte. Primero no me hablas por semanas y te metes en peleas ilegales cuando te dije que no lo hicieras, luego vienes y me besas como si fueras a morirte mañana y me dices que ya no podemos vernos porque crees que no eres suficiente para mi. ¿Sabes lo que realmente creo de esto? Que tienes miedo de admitir lo que es evidente; y eres libre de pensar lo que quieras, pero al menos yo no lo puedo ocultar más. No puedo solo hacerme a un lado y fingir que no pasa nada. Dios, hasta Saura lo sabía, pero yo no lo quise admitir porque pensaba que era un cero a la izquierda para ti hasta que me dijiste eso del otro día sobre sentirse vivo.

Olivia abrió la boca para llenar sus pulmones de aire. Estaba realmente nerviosa, tenía muchas emociones encontradas.

–Trevor, yo...no soy la misma mujer que conociste frente a tu puerta hace dos meses.

–¿Que quieres decir con eso?– preguntó él pasándose una mano por el mentón.

–No lo sé. Pienso distinto, me siento distinta. Creo que me abriste los ojos de alguna manera– dijo ella y Trevor enarcó las cejas sin entender.

–¿Y qué ves ahora que no veías antes?

–Antes...sólo pensaba en el presente. En cuando, cómo y dónde encontraría al hombre ideal para mí como me había dicho esa adivina. Pero ahora en lo único que puedo pensar es en nosotros y me asusta como no tienes una idea– Olivia largó las manos y se las puso en las mejillas–Sé que quieres alejarme, pero esto...esto que siento por ti es real. Te juro que es lo más real que he sentido nunca.

Capítulo 20: Insuficiente

—Yo...creo que te amo, Trevor– Olivia soltó esas palabras con un nerviosismo increíble, esperando escuchar lo peor. Sabía de alguna manera que Trevor no le daría la respuesta que ella quería escuchar.

A Trevor se le detuvo el corazón, no como otras veces cuando la sentía cerca o la besaba con ferocidad. Fue como una explosión detonando chispas en todo su pecho comprimiéndolo y a la vez llenándolo del mayor regocijo de su vida.

–E-estás confundida– le respondió él sin saber cómo responder a su confesión.

–Por supuesto que no, yo sé lo que siento– Olivia se acercó más–Deja de poner tantas barreras entre nosotros, yo en verdad te amo. ¿Por que no me dejas demostrártelo?

–No, no, no– se desesperó él intentando apartarla. No quería ceder– Olivia, ya deja de hablar.

–Haré lo que sea para que te des cuenta de que este sentimiento es verdadero– repuso ella forcejeando con él– A mi lado tal vez no tendrás la vida de antes, pero podría hacerte inmensamente feliz– ella se acercó tanto que sus narices se rozaron–¿Qué hago? ¿Qué hago para no me alejes?

–Deja de decir tonterías– le suplicó él.

–Sí me dieras una oportunidad, sólo una, te darías cuenta de que lo que digo es verdad. Te quiero a ti tal como eres y si alguien te conoce bien, soy yo. Estás asustado, lo sé. Pero no tienes por qué estarlo, sea lo que sea que pase estoy segura de que lo resolveremos juntos–Trevor la tomó de las muñecas con fuerza apartándola.

–Tú no me conoces, no sabes lo que siento, que es lo que me pasa o quien soy y si lo supieras me dejarías en paz– le contestó él de manera firme y fría.

–¿Eso es lo que realmente quieres?– preguntó ella con sus ojos cristalizados, rompiéndole el corazón en mil pedazos.

–Te dije que entre tú y yo no pasará nada, ya no necesito más de ti así que hazme un favor y vete de una vez.

Los dos estaban destrozados. Trevor estaba haciendo un esfuerzo sobre humano para decirle todas esas cosas horribles. Tenía el corazón completamente roto, ambos lo tenían. Se diría que podría tratarse de "la persona correcta en el momento equivocado". Él necesitaba dejarla ir...porque la amaba.

Josh entró a la habitación junto a los demás chicos y se quedaron quietos al ver que la situación estaba bastante tensa entre Olivia y Trevor.

–¿Está todo bien?– preguntó Josh con cautela, pero ninguno de los dos dijo nada. Olivia se limitó a limpiarse las lágrimas con la manga de su camisa.

–Yo, creo que es mejor que me vaya– le respondió ella con una triste sonrisa.

–¿Por qué? No tienes que irte por nosotros, de todas maneras te debo una disculpa. No pude hacer nada con respecto a...– dijo Josh apenado pero ella hizo un gesto con la mano para acallarlo.

–No tienes que pedirme disculpas, sólo cuiden de él– les pidió ella cortante y todos la miraron con ojos tristes. Era la primera vez que veían a Olivia comportarse de esa manera, nunca traía caras largas o lloraba con facilidad. Estaba realmente triste y rota por dentro. Como si hubiera perdido algo realmente valioso– Adiós, chicos– se despidió girando sobre sus pies para salir de allí sin mirar a atrás.

Olivia salió del hospital, caminó por el estacionamiento y sacó las llaves de su auto del bolsillo delantero de su pantalón para abrir la puerta pero no pudo. Las llaves cayeron al suelo y cuando se agachó para tomarlas, se detuvo un instante sosteniendo el manilar de la puerta. Lloraba tan desconsoladamente que no se sentía bien para conducir. Estuvo de rodillas durante cinco minutos. Necesitaba tranquilizarse. Se volteó y se sentó recostando la escalada del auto. Sacó su teléfono y le marcó a Saura. Era bastante tarde así que no pensaba que contestaría, pero de cualquier manera tenía que intentarlo.

–¿Olivia?– contestó su voz, sonaba somnolienta. Como si hubiera estado durmiendo.

–¿Puedes venir a buscarme?– preguntó Olivia con otra oleada de sollozos. Saura se alarmó.

–¿Porqué lloras? ¿Dónde estas?

–Estoy en el hospital central, no puedo conducir de vuelta al condominio. Lo siento.

–No te preocupes, voy para allá. Quédate dónde estás, ¿si?

–De acuerdo.

Oliva esperó al rededor de una hora. Ya había dejado de llorar, pero su corazón seguía sintiéndose igual de mal. Luego comenzó a pensar en el porqué de las cosas. Estaba enojada con esa adivina, con Trevor, con Josh, con Philip y todos los demás. Pero aún más con ella misma, se odiaba por amarlo como nunca había amado a nadie. Por sacarle mariposas en el estómago y suspiros profundos con los mejores besos que había recibido en toda su vida. Se odiaba porque sabía que no iba a poder enamorarse de alguien más aunque lo intentara. Muy dentro de ella sabía que Trevor era el hombre que le había predicho la adivina y no sabía que hacer para hacerlo entrar en razón. Lo conocía muy bien, era testarudo y aveces frustrante. Un cabeza dura que preferiría mil veces encarcelar su corazón antes que tener que dañar el de alguien más. Él no quería convertirse en una carga para ella, era demasiado orgulloso para dejarla ocuparse de todo. Sentía que no daba la talla para estar con ella. Esa delgada línea entre el corazón y el deber era tan delgada. Lo suficientemente delgada para romperse cuando él cediera, pero no lo haría.

–Olivia– Saura identificó el auto de Olivia entre los demás autos del estacionamiento, pero no la vio. Se acercó sutilmente hasta que la observó . Allí, sentada en el suelo con las rodillas pegadas al pecho. Jamás había visto esa faceta de ella, tan dolida–Oli– volvió a decir ella entendiendo. Se sentó a su lado y la abrazó sin decir más.

–No sé que hacer– comentó Olivia.

–Esto es acerca de Trevor, ¿no es verdad?

–Tuvo un accidente...bueno en realidad no fue un accidente. Él se lo buscó y ahora estoy molesta con él porque no me escuchó cuando le dije que no fuera. Estoy tan frustrada– Olivia resopló.

–No es eso por lo que estás molesta–Olivia la miró. Saura la conocía bien. No hablaba fácilmente de sus sentimientos, le costaba abrir su corazón con la gente. Por eso era sarcástica en situaciones dolorosas.

–Le dije que lo amaba- confesó intentado aguantar esa otra oleada de lágrimas– Y el sólo me dijo que no era suficiente. Me dijo que me fuera. ¿Cómo voy a seguir después de eso?

Saura sintió su dolor. El primer amor de Olivia le había roto el corazón, tal vez jamás pasaría por eso porque sabía que Rajiv la amaba y estaban comprometidos. Pero sabía que era difícil para su amiga porque era la primera vez que se lo decía a alguien. Sabía desde un principio que Olivia estaba completa e irrevocablemente enamorada de Trevor.

–Deberás hacerlo.

–¿Y por qué debería hacerlo? Él no quiere saber nada de mi, me dijo que ya no me necesitaba, que yo merecía a alguien mejor. Es una estupidez.

–Porque lo amas– Saura la miró fijamente tomando sus manos con firmeza–Las dos sabemos que esto no termina aquí, lo que sientes no lo volverás a sentir jamás en tu vida si lo dejas ir ahora. Necesitas mostrarle el camino. Si el amor fuera fácil, entonces todos pudieran tenerlo.

–Odio cuando haces eso– respondió Olivia llorando y Saura sonrió.

–No estás rota, sólo estás enamorada de un hombre difícil. Mi abuelo me dijo una vez que si no puedo pelear por lo que quiero, entonces no puedo llorar por lo que perdí. Es una buena frase si lo piensas bien.

–Lo es– dijo Olivia limpiando sus mejillas– Pero creo que fue un poco fuerte.

–Mañana volverás con todas las fuerzas del mundo y le demostrarás a ese tonto que Olivia Hassan no se da por vencida tan fácilmente. Te aseguro que hay amores por los que vale la pena luchar un poco más.

–Sólo quiero matarlo.

–Te aseguro que estará contento de que lo hagas– sonrió Saura.

Capítulo 21: Un golpe

"En la guerra y en el amor todo se vale". Esa es una frase muy poderosa que para algunos podría parecer trillada, pero para otros realmente significa "arriesgarse". Todos saben que la primera etapa de una relación es: la conquista. Al principio, es común ponerse máscaras para tratar de mostrar la mejor versión de uno mismo. En donde como algunos dicen "echamos toda la carne al asador". Digamos que es la etapa más bella y fácil de la relación.

El problema está en que Olivia no empezó precisamente con esa etapa cuando conoció a Trevor y ahora debía arriesgarse. Trevor, evidentemente no era un hombre fácilmente de convencer así que Olivia tendría que ingeniárselas para que la viera. ¿Cómo se puede llamar la atención de un hombre que aparenta no importarle nada y que no quiere hablar de sus sentimientos? Sería realmente difícil, pero definitivamente no imposible. La respuesta serían celos. Según la ley moral de la vida los celos son pecado y toxicidad continua hacia la humanidad, pero seamos sinceros, es la única herramienta que nunca falla; el truco más viejo de la historia.

–¿Estás segura de que quieres hacer esto otra vez?– dijo Saura mientras le terminaba de arreglar el cabello a Olivia en su apartamento. Ya había podido regresar al condominio después de tres días de helado y películas románticas sobre despecho con la compañía de su amiga.

–Completamente, estoy segura de que no fallará. Otro intento no puede hacer daño, si se molesta significa que está celoso y si esta celoso es que siente algo por mi.

–Olivia, ¿no crees que estás yendo muy lejos con esto? Es decir, ¿que pasa si lo mal interpreta y piensa que ya te rendiste con él?

–¿Eso crees?– respondió ella nerviosa–No quiero que piense eso, ¿qué hago?– movió las manos desesperada.

–Y yo que sé. Tú fuiste la que accedió a volver a tener citas para darle celos a Trevor. Ese tal Prescott llegará en cualquier momento. Deberías intentar hablar con él frente a frente.

–Ya lo he intentado, me has visto– musitó Olivia desesperada–Él es difícil de convencer, lo sabes.

–¿Y como piensas acercarte a él entonces? Nos está dando demasiados dolores de cabeza. Primero le enviaste flores, luego comida a domicilio, ositos de felpa con grabadoras de voz, globos y ahora tres hombres diferentes tocando a su puerta "buscándote" a ti para salir y darle celos. Realmente se nos están acabando las ideas, a mi se me han acabo las ideas. No se que más creativas crees que podemos ser. Llevamos dos semanas en esto y el hombre nada de nada. Deberías decirle de una buena vez que deje ser tan idiota y acepte lo que ya todos saben. Él te ama.

–Ya no estoy tan segura de eso– comentó Olivia sentándose en la cama desanimada.

–Lo siento, no quise desanimarte, pero es que...no sé qué más puedes hacer.

–Ya se– le respondió ella y escucharon toques afuera. El tal Prescott había llegado. Eran exactamente las siete de la noche y Olivia estaba peinada y arreglada para salir a otra cita desastrosa con otro hombre al que no amaba. Su situación amorosa estaba convirtiéndose en todo un lío. Y era verdad lo que decía Saura, necesitaba ponerle fin a todo aquello y hablar con Trevor frente a frente y que pasara lo que tuviera que pasar.

–Tu cita está aquí–Saura tomó su bolso–Ya me voy, llámame si me necesitas– Olivia asintió con un gesto de cabeza y Saura salió por la puerta dejándola sola.

Afuera, Saura pasó de largo cuando vio al nuevo pretendiente de Olivia, Prescott. Llevaba un ramo de flores y vestía de traje. Se lo había tomado muy enserio y quería demostrarlo. Olivia aún no había salido así que se tomó la libertad de dar tres toques en la puerta del apartamento que ella le había dicho, el número 3 y esperó paciente a que ella le abriera. Pero no fue así.

–¿Quién es?–preguntó Trevor de mala manera y Prescott frunció el ceño.

–Hola, me llamo Prescott. Esto es un poco raro, esperaba ver a Olivia. ¿Ella vive aquí?

–¿Acaso tengo cara de Olivia?– preguntó Trevor intentando no romperle el cuello a ese tal Prescott.

–No, por supuesto que no. Su foto de perfil se veía mucho más femenina– respondió él como si le hubiera resultado gracioso. Trevor solo un resopló por la nariz con lentitud–¿Eres un pariente de ella, hermano tal vez?

–Hermano mis cojones– musitó Trevor por lo bajo evidentemente molesto–¿Sabes lo que deberías hacer? Darte la vuelta y olvidarte de que ella existe. Búscate a otra porque no pasará, sea lo que sea que estes pensando hacer esta noche no pasará– Olivia salió de su apartamento y se quedó estupefacta al ver la discusión que tenían–Le llegas a tocar un pelo a esa mujer y te juro por todo lo que quieras que buscaré hasta debajo de las piedras para matarte.

–Trevor– Olivia le llamó la atención y Prescott se volteó a mirarla, parecía nervioso.

–¿Al fin decidiste salir? Me alegro de que estés escuchando porque voy a dejarte algo en claro luego de que tu nuevo novio se largue– le advirtió.

–Él no es mi novio, por favor baja la voz– dijo apenada y miró a Prescott– Lo siento.

–Está bien, yo ya me iba– le respondió antes de bajar las escaleras con la poca dignidad que le quedaba.

–¿Qué es lo que te pasa?– preguntó ella.

–¿Querías mi atención? Pues aquí la tienes. Es la tercera vez que me haces esta estupidez, sabes lo que siento por ti. ¿Porqué lo haces todo tan difícil?– preguntó él frustrado.

–No, no lo sé. Ya ni siquiera sé si lo que estoy haciendo valdrá la pena en algún momento– ella resopló dando un paso más al frente–Han pasado dos semanas desde lo que pasó entre nosotros. Yo creo que durante estas semanas he intentado acercarme a ti de todas las maneras que mi cabeza me ha dado, pero nada ha servido...me topé con un cubo de hielo. Han sido dos semanas en donde prácticamente no me diriges ni la palabra y bueno tal vez supongo que dirás que crees que es lo mejor, pero la verdad es que eres el peor de los necios y yo estoy cansada. Admito que intenté hacer esto para darte celos, fue totalmente tonto y lo siento. Pero anoche para variar no pude dormir, me la pasé pensando y pensando, y me di cuenta de que en realidad no sientes nada por mi y entendí que esto ya no tiene solución– se sinceró ella soltando algunas lágrimas. Trevor la escuchaba atento y cada palabra eran punzadas en su corazón.

–Olivia, te juro que no es como piensas– comenzó a explicar él pero ella lo detuvo.

–Permíteme terminar, por favor– le suplicó ella–Yo...a mi me duele mucho todo esto, pero creo que me tengo que resignar a la realidad de que jamás vas a aceptarme, no vas a ceder– dijo entre sollozos y Trevor se acercó.

–Ya no digas esas cosas– él buscó sus manos como pudo hasta que las encontró y las sostuvo fuerte.

–Ya no te voy a molestar, pero si te tengo que dejar claro que nunca te voy a dejar de amar porque eres el amor de mi vida– se limpio una de sus lágrimas y continuó–Te amo con todo mi corazón, pero sé que no importa lo que haga, no me vas a corresponder. Eh intentado hacerte ver que estoy aquí para ti, que haría lo que fuera por ti, pero no me dejas. Sabes que lo he intentado– ella puso su mano sobre la de él tratando de encontrar las palabras correctas– No puedo obligarte a amarme, no puedo obligarte a hablarme o escucharme y sabes qué sinceramente aveces me dan ganas de matarte. No es justo que me hagas esto, merezco a alguien que me quiera y que me haga pensar que va a seguir queriéndome igual el día de mañana y todos los días que le siguen. Eres libre de hacer lo que quieras con tu vida...yo haré lo mismo con la mía– como última palabra, Olivia se alejó de Trevor y prosiguió a bajar las escaleras.

–Olivia por favor, espera un segundo– le dijo él cuando la sintió alejarse. Se sostuvo del barandal y bajó las escaleras como pudo. Estaba muy ansioso, no quería dejarla ir dejando las cosas así. Pero ella estaba molesta y sobre todo muy dolida. Tenía que tomar la responsabilidad de alguna manera.

–Trevor, vuelve a dentro. Ya no tenemos nada de qué hablar– le pidió ella llegando a la reja de la entrada donde se encontraba el guardia de seguridad en su caseta. Olivia quería irse, estaba disgustada y molesta así que camino por el estacionamiento.

–Maldita sea, ¿podrías detenerte? ¿Dónde estás?– le gritó Trevor.

Olivia caminó entre los autos, estaba bastante cerca del suyo pero cuando se dio la vuelta para asegurarse de que Trevor ya no la estaba siguiendo, fue como si todo hubiera surgido en cámara lenta. Una motocicleta iba saliendo de la esquina y perdió el control cuando Trevor se cruzó en frente. El conductor salió disparado y golpeó a Trevor en el camino dejándolo en suelo.

–¡¡Trevor!!

Capítulo 22: Reaccionar

—Trevor, por favor abre los ojos. No me hagas esto, te lo pido. Perdóname.–le suplicó ella intentando despertarlo. Estaba a su lado en el suelo y lloraba desconsoladamente. El corazón lo sentía casi en la garganta. La cara de Trevor tenía algunos rasguños leves y su brazo derecho algunos otros más profundos.

El guardia de seguridad y algunos vecinos del condominio salieron a ver lo que había pasado cuando escucharon el gran estruendo de la motocicleta revolcándose en la carretera.

–Trevor, te lo ruego...no me hagas esto– las lágrimas de Olivia de caían en las mejillas a Trevor. Estaba un poco en shock y él no despertaba. No traía su teléfono encima y tampoco quería dejarlo solo para ir a buscarlo al apartamento así que palpó rápidamente en los bolsillos del pantalón de Trevor y sacó su teléfono para marcarle a una ambulancia.

–9-1-1, ¿cual es su emergencia?– contestó la voz de una mujer y Olivia habló sin pensárselo dos veces.

–Ha habido un accidente. Necesito que envíen una ambulancia al condominio de la calle Saint Peters 44 lo más pronto posible. Por favor, hay dos heridos, ¡envíen a alguien ya!– dijo al teléfono y el guardia de seguridad se aproximó a ayudarla.

– Yo lo atenderé– le dijo para que le pasara el teléfono. Estaba demasiado nerviosa como explicarle a la mujer de emergencias lo que había pasado con exactitud. Ella le pasó el teléfono y se centró en Trevor. Ni siquiera presto atención a la conversación, sólo esperaba que el guardia dijera lo que realmente había pasado para que pudieran enviar ayuda lo más rápido posible. Puso su cabeza en el fuerte pecho de Trevor para escuchar si había algún latido y sí, evidentemente había uno.

–La ambulancia llegará dentro de siete y ocho minutos– el guardia le entregó el teléfono de vuelta–Iré a revisar al otro sujeto.

–Sí, Gracias. Muchas gracias– asintió ella. Las manos le temblaban, pero intentó sostener el teléfono con precisión para marcarle a Phil o a alguno de sus compañeros de ring. Deslizó su dedo entre los contactos de llamadas hasta que vio el número de Phil y lo presionó.

–¿Qué quieres ahora, Trevor? Ya te dije que no me importa si le quieres decir sobre tu cirugía de mañana a Olivia. Se enterará de todas formas, la chica es insistente. Realmente es estúpido que esperes a recuperar la vista para quedarte con ella– Olivia se quedó helada al escuchar esa confesión. Era por eso que no le daba una respuesta, no lo estaba haciendo por él. Lo hacía por ella.

–Phil, soy Olivia.

–Mierda...Olivia, no me digas que escuchaste todo eso.

–Eso no importa, Trevor acaba de tener un accidente. Una motocicleta lo golpeó y no responde...Dios, esto es mi culpa. Le dije que no me siguiera.

–Está bien, cálmate. ¿Llamaste a una ambulancia?– preguntó preocupado.

–Si, Sí. Llegarán en cualquier momento, pero él no despierta. ¡No sé qué hacer!

–Olivia, Tranquilízate. No hagas nada, sólo espera a que llegue la ambulancia. Nos vemos en el hospital, ¿de acuerdo?

–De acuerdo, nos vemos allá– Phil cortó la llamada y Olivia dejó el teléfono a su lado en el suelo. Tocó el rostro de Trevor y lo acarició con delicadeza, como si tuviera miedo de que se rompiera–Quédate conmigo, por favor. Quédate conmigo.

Todos esperaron hasta que la ambulancia llegó. Los paramédicos prosiguieron con los protocolos y se los llevaron a cada uno en camillas diferentes hacia el hospital central.

Cuando llegaron al hospital, Olivia no se quiso separar ni un segundo de Trevor, pero se lo llevaron de inmediato. Phil por suerte estuvo allí, Olivia sintió un poco de alivio al saber que en cierta forma no estaba sola lidiando con todo aquello. Un doctor se aproximó a ellos después de haber esperando un buen rato en la sala de espera. Ella vio que Phil parecía conocerlo así que también se levantó para escuchar lo que tenía que decir.

–¿Y bien? ¿Cómo está?– preguntó Phil y el doctor suspiró.

–Está estable, el otro chico también lo está. Solo sufrieron algunos rasguños y alguna que otra costilla rota, pero médicamente hablan do...Trevor sufrió una pequeña contusión en su lóbulo temporal-occipital. Tuvimos que adelantar la cirugía, cualquier efecto que haya tenido esa caída podría ser letal para la recuperación de su vista así que dimos el paso. No sabemos las consecuencias que traerá esto cuando despierte, tardará unos días en hacerlo así que es probable que necesite que alguien se quede con él.

–Pero se pondrá bien, ¿cierto?– comentó Olivia.

–Lo único que les puedo asegurar es que Trevor está en las manos de los mejores especialistas y harán lo que sea para que esté bien. La cirugía es muy corta y saldrá de quirófano dentro de un par de horas, no hay nada riesgoso en ella. Hemos tenido muchos pacientes que han pasado por cirugías similares y han salido perfectamente bien, esperemos que esta no sea la excepción. De lo contrario, Trevor es un hombre saludable con una excelente condición física. Sería muy difícil que algo así acabara con él–el doctor le sostuvo la mirada y le sonrió con amabilidad–¿Eres su novia?

–Y-yo...no, bueno...–respondió ella sin saber como contestar esa pregunta.

–Algo así– repuso Phil mirándola de reojo.

–Bueno, cariño no deberías preocuparte demasiado. Conociéndolo, de seguro que en unos días abrirá los ojos y estará como nuevo. Él no está corriendo peligro ni mucho menos. Estaremos haciendo pruebas así que si aún siguen aquí, les estaré informando de su estado. ¿De acuerdo?

–Si, de acuerdo– asintieron al unísono.

–Gracias– le agradeció Olivia antes de que se fuera–Yo quiero quedarme, al menos por esta noche. No voy a poder irme tranquila hasta verlo. Por favor.– le pidió a Phil y este asintió luego de pensárselo un poco.

–Está bien, no voy a irme así que supongo que los dos tendremos una larga noche– Phil tomó asiento y Olivia lo siguió cautelosa.

–¿Deberíamos llamar a algún familiar? A su padre obviamente no, sé lo que pasó con él. Pero, ¿que hay de su madre? Ella merece saber lo que está pasando.

–Eso no sería una buena idea, querida–Phil se cruzó de piernas–Trevor no ha tenido comunicación con su madre por unos largos años. Después de que su padre se fue, las cosas no resultaron muy bien para ellos. Trevor tomó distancia y así lo hizo ella también.

–¿La conoces?

–Claro, fuimos a la escuela juntos. Hasta nos hicimos novios en la preparatoria, pero todo eso cambió cuando conoció al padre de Trevor. Cada uno tomó su propio camino con el tiempo. Ella se embarazó y yo me casé– confesó mostrándole el anillo de su mano izquierda.

–¿La quisiste mucho?

–Éramos niños– sonrió– No es que fuera mi primera novia, pero admito que fue importante. Creo que no es una mala mujer, es solo que la vida le ha tocado difícil...Trevor aún no logra ver esa parte. Le falta mucho por aprender. Sobre todo a perdonar, le resulta insoportable admitir cuando no tiene la razón.

–Dímelo a mi– ella sonrió de lado con nostalgia.

–Dime, ¿qué fue lo que pasó antes de todo esto? Hasta donde sé, la última vez que los vi juntos nada terminó bien.

–Nosotros...discutimos por lo de la última vez. Nuestra relación es bastante complicada, él es muy difícil de lidiar. Le gusta que las cosas sean a su manera e insiste en que me quiere lejos de su vida. Yo me enojé porque no estaba de acuerdo, él también se enojó y en fin...le dije que ya no teníamos nada de qué hablar, pero él me siguió y cuando mire atrás ya era demasiado tarde para detenerlo– dijo ella recordando– Cuando lo vi allí tirado se me calló el mundo. No supe que hacer, tal vez esto es mi culpa.

–No te atormentes con eso, créeme. No fue tu culpa. Conozco a Trevor y sé exactamente con lo que estás lidiando. Él es el idiota que no se da cuenta de lo que tiene.

Ella sonrió.

–No eres tan idiota cómo pensaba.

–Y tú no eres tan molesta como pensaba– Phil sacó los cigarrillos del bolsillo y se levantó– ¿Te gusta él café?

–El café es para adictos– dijo ella encogiéndose de hombros.

–Y yo que pensé que nos estábamos llevando bien– rodó los ojos y ella sonrió–Chocolate, entonces.

–Gracias.

Capítulo 23: Sus colores

¡Trevor!...Ese grito se repetía una y otra vez en su cabeza como una grabadora. La voz de aquella chica y la imagen de su rostro se reproducía constantemente en la cabeza de Trevor como un recuerdo borroso. Todo estaba confuso, parecía un sueño del que no podía despertar y efectivamente eso era. Un sueño. Todo a su alrededor fue tomando sentido a medida que abría los ojos. Escuchaba el monitor del marcapasos haciendo ese 'Bip, bip' característico de la máquina, la almohada era un poco incomoda lo que hacía que le doliera el cuello más de la cuenta. Todo olía a limpio y estaba estéticamente ordenado. Lo primero que vio fue la solución de electrolitos cayendo gota por gota en la bolsa colgada sobre un perchero de metal. Luego el blanco brillante de las paredes. Phil se encontraba en el sofá a su izquierda centrado en su teléfono, Josh dormía en una silla al igual que Luke y Ronald que se encontraban con unas mantas en el suelo descansando. Trevor Los miró con detenimiento.

–¿Porqué diablos están aquí?– todos levantaron la vista en dirección a Trevor como si hubieran escuchado a un fantasma. Se levantaron de inmediato, incluso Josh que dormía profundamente. Phil estaba sin palabras y unas ganas de llorar los consumieron a todos.

–Mierda, Trevor...– dijo Josh sin saber cómo reaccionar.

–¿Por qué me están mirando así, porqué estoy en este maldito hospital?– preguntó él intentando sentarse. Phil se le acercó.

–Tranquilo, no hagas ningún esfuerzo. Esto es demasiado por procesar–dijo Phil ayudándolo a acomodarse en la camilla–¿Realmente puedes vernos?

–Por supuesto que puedo. ¿De qué diablos se trata esto? ¿Es otra de sus bromas estúpidas? ¿Porqué demonios estoy aquí? –comentó Trevor molesto.

–¿No recuerdas lo que pasó?– preguntó Luke y los cuatro se miraron entre ellos.

–Buscaré al doctor– dijo Phil levemente preocupado. Trevor estaba realmente confundido, de pronto un dolor de cabeza intenso lo atacó. Se tocaba la cíen con la mano para "aliviar" el dolor.

Phil tomó sus cosas y se aproximó a la puerta con rapidez, estaba bastante nervioso. Todos lo estaban y Trevor no tenía ni idea de lo que estaba pasando. Cuando abrió la puerta Phil se encontró de frente con Ayden y Olivia que habían salido para comprar algo de beber para todos. Habían pasado seis días desde el accidente y todos se habían estado rotando para cuidar de Trevor en las noches. En ese momento eran las dos de la tarde y ninguno tenía idea de cuando o cómo despertaría.

Olivia y Ayden miraron a Phil, se le veía pálido.

–Phil...– musitó Ayden y este intentó detenerlos con la mano.

–No es una buena idea que entren ahora, él acaba de despertar y está un poco confundido.

–¿Qué? ¿Por qué no nos llamaste? Pudimos haber venido antes– dijo Ayden y entre la discusión en la puerta Trevor se quitó las manos de la cara y levantó la vista en aquella dirección. A Olivia se le congeló el corazón. La estaba mirando fijamente a ella.

–Me está mirando...– dijo ella sosteniéndose del marco de la puerta, por un momento sintió que se desmayaría– Phil, él...está mirándome– repuso con la voz agrietada y los ojos mojados.

Phil soltó un suspiro pesado.

–Llama al doctor, ya– le pidió a Ayden y este asistió sin pensárselo dos veces.

–Olivia, será mejor que esperes afuera– le pidió Phil y ella se negó.

–No voy a irme, he esperado seis días para verlo despierto.

–Él está bien– insistió Phil.

–Entonces, déjame pasar de una vez.

Trevor se levantó de la cama y Josh, Luke y Ronald se alarmaron.

–Trevor, hermano siéntate, por favor– le pidieron pero él forcejeó sosteniéndose del perchero. Quería acercarse a ella.

–No me vuelvan a tocar. ¿Quien es ella?– dijo Trevor y Phil se volteó a mirarlo y antes de que alguien pudiera contestar el doctor regresó junto a un enfermero.

–Les voy a pedir a todos que abandonen la habitación, por favor– todos salieron dejándolos solos–Tranquilo, nadie te hará nada. Solo necesito que te sientes.

–No voy a quedarme sentado. ¿Por qué demonios todos me están haciendo tantas preguntas? ¿Por que carajos estoy aquí?–repuso Trevor sobresaltado.

–Sé que todo esto es muy confuso y sé que quieres irte. Pero no estás bien, llevas seis días aquí. Si quieres que te explique porqué, necesito que tomes asiento y te tranquilices. ¿Puedes hacer eso por mi?– le explicó el doctor y Trevor asintió luego de pensárselo un poco–Bien.

–¿Cómo llegué aquí?– preguntó más tranquilo.

–Según lo que me contaron, sufriste un accidente en el condominio donde vives. Una motocicleta te golpeó y perdiste el conocimiento.

–¿Cuál condominio? No recuerdo ningún condominio.

–¿No recuerdas nada en lo absoluto?– preguntó el doctor–¿Sabes tu nombre o quiénes son tus padres por ejemplo?

–Sí, por supuesto. Pero, me siento confundido. No sé muy bien cómo explicarlo.

–¿Qué es lo último que recuerdas?

–No lo sé, creo que estaba entrenando para una pelea importante– el doctor hizo un asentimiento de cabeza y se metió las manos en los bolsillos de su bata blanca.

–Ya veo...

–¿Dónde está?– preguntó Trevor con intriga.

–¿Quién?

–La chica, creo que la he visto antes.

–¿Sabes quien es?

–De saber no, pero creo que soñé con ella. ¿Por qué?

–No lo sé, pero de seguro te encontraremos una respuesta. No te preocupes.

Afuera de la habitación todos seguían estando preocupados. Olivia caminaba de aquí para allá desesperada. No sabía lo que estaba pasando o porqué no le decían nada así que decidió volver a encarar a Phil que aparentemente era el único que lo sabía.

–¿Por qué tardan tanto?

–Le estarán haciendo pruebas, no lo sé–suspiró–Realmente necesito salir a fumar.

–¿Por que dijiste que no puedo entrar a verlo? El me miró a los ojos Phil, no estoy loca–dijo enojada.

–Sabemos que no lo estás, yo también lo vi maldición. Creo que esta muy confundido o tal vez no recuerda nada de lo que pasó– le respondió Phil y el doctor salió a atenderlos. Todos se acercaron de inmediato.

–Doctor, ¿qué está pasando?– preguntó Olivia y él cerró la puerta tras de sí.

–Aparentemente, Trevor parece tener una pequeña cifra de amnesia retrógrada. Sabe quién es y cómo se llama, pero no recuerda nada de lo que pasó en el accidente o vivir en un condominio. Es como una laguna en su memoria. Dijo que lo último que recuerda es haber estado entrenando para una pelea importante.

–Mierda, no puede ser– dijo Ronald frotándose la cabeza. Todos estaban en shock.

–Ósea que no recuerda nada desde que se quedó ciego– dijo Josh y el doctor asintió.

–Sé que es un poco difícil de procesar, pero espero que no tarde en recuperar la memoria. Tal vez tarde unos días o semanas, no podría decirles con exactitud. Así que les pido que no le mencionen absolutamente nada de quienes son o lo que pasó durante ese periodo de tiempo que olvidó. Prefiero que lo recuerde por su propia cuenta, así se sentirá menos confundido. Aparte de eso, su visión es literalmente perfecta, la cirugía salió totalmente exitosa. Para haber sido su doctor estoy realmente sorprendido. Con una caída así las probabilidades no ver bien eran bastante altas. Es un hombre con suerte.

–Al menos sigue siendo el mismo grosero de siempre– dijo Luke y el doctor sonrió.

–Y curioso también– miró a Olivia– Dijo que quiere ver a la chica, lleva pidiéndomelo desde que entré.

–¿A mí?– se impresionó ella.

–No le hables si no te pregunta y si te pregunta, intenta no darle mucha información. Podría quedar más confundido.

–Es que...c-cómo, no entiendo cómo puede ser–dijo anonadada.

–Él sólo va a ir recordando, pero si lo pensiónanos no sería bueno.

–Entiendo– ella asintió–Permiso– se disculpó y entró a la habitación sola. Cuando lo vio, quiso echarse a correr y abrasarlo con todas sus fuerzas, pero no podía.

Él estaba recostado en la camilla y le sostuvo la mirada. Algo completamente raro y nuevo para ella. Tenía los ojos más bellos del mundo. Eran verdes y brillantes decorados con unas largas pestañas negras.

–Perdón, ¿puedo pasar?– preguntó ella tímidamente. Él parecía embelesado con mirarla.

–Sí, por favor acércate.

Capítulo 24: Embelezado y confundido

Olivia se acercó hasta Trevor, pero dejó una distancia considerable entre los dos. No quería emocionarse demasiado y hacer algo mal. Él no dejaba de mirarla, era como si ese sueño que había tenido se hubiera vuelto realidad. Sentía una curiosidad inmensa por esa chica que lo miraba con temeridad y mucho desdén.

–¿Cómo estás?– preguntó ella y él sólo pudo sonreír de lado–¿Cómo te sientes?

–Confundido– se sinceró– Me duele un poco la cabeza, pero no tanto por el dolor. ¿Cómo estas tú?

–Ehm...sí– ella asintió y él sonrió de una manera hermosa. Era una sonrisa sincera, una que muy pocas veces mostraba y ella lo sabía– Digo, estoy bien.

–Eres preciosa– dijo él y el alma a Olivia se le quiso caer. Jamás le había dicho algo así.

–¿Perdón?– respondió ella con los ojos bien abiertos. Trevor se quedaba mirando sus labios de cada tanto y luego subía a sus ojos.

–¿Me conocías de antes?– preguntó intrigado. Olivia no supo cómo contestar.

–N-Sí.

Trevor hizo un gesto con las cejas.

–¿Si o no? Creo que estás dudando.

–No. Sí, sí te conocía de antes– le puso una mano en su muñeca sin querer y él intentó tomarla.

–No, dámela. Sólo es tu mano– le pidió y ella negó con la cabeza. Estaba actuando muy coqueto.

–No, está bien. Estoy bien aquí.

–No, te dejé pasar unos cuantos no ahí– ella lo miró confundida y se puso una mano en el pecho alarmada.

–¿No qué? ¿Qué pasó?

–No te alejes tanto de mí, te pedí que te acercaras desde que entraste por esa puerta. Si das un paso más atrás, me tiro por la ventana– le advirtió y ella se le acercó poniéndole una mano en el pecho.

–¡No! Estás loco, ¿cómo te vas a tirar?– dijo desesperada quedando muy cerca de su cara. Él la sostuvo del codo y la acercó más.

–¿Yo te besé? No te besé nunca, ¿o si? Dime que no me perdí esa boca porque ahí si que te juro que me lanzo ahora mismo por la ventana– las mejillas se le pusieron rojas a Olivia, no supo que decir.

–Creo que te pegaste bastante fuerte en la cabeza– Olivia tenía unas ganas de besarlo terribles, pero tenía que controlarse. Él tenía que ponerse bien antes de cualquier otra cosa. Trevor se rió–¿Tienes hambre? Pediré que te traigan algo de comer– dijo ella con intención de alejarse, pero él le volvió a sostener la mano.

–No, ¿como pedir? Tráemelo tú. Ya me malacostumbré a tenerte cerca– ese comentario hizo que Olivia tomara asiento como una niña en la camilla a su lado. Si ese era el Trevor mucho antes de conocerla, entonces era todo una joya. Sabía exactamente qué decir para conquistar a una mujer–¿Me lo traes?

–Si...

–¿Si?

–Sí, yo te lo traigo– dijo embelesada con su cercanía.

–Gracias– dijo Trevor acariciandole la mejilla con ternura.

–De nada– se aclaró la garganta– te lo dejo y yo después me tengo que ir.

–¿A dónde te vas? ¿Por qué te vas?

–Nada, tengo que ir a presentar unas obras en una subasta–Trevor abrió los ojos sorprendido.

–¿Eres artista? Jamás me imaginé que hicieras arte. ¿Es Enserio?– dijo de lo más emocionado.

–Si–ella lo miró extrañada. Le resultaba tierno que Trevor estuviese tan interesado en su trabajo.

–¿Que tipo de arte haces? ¿Pintas o dibujas?

–Esculpo...y pinto–repuso ella–Aveces una combinación de ambos.

–¿Puedo ir?

–Por supuesto que no– dijo ella como si le hubiera parecido divertido, y se levantó.

–Oh, vamos. ¿Por qué no?–se quejó él.

–No me mires así, sabes que no puedo dejarte venir conmigo. A penas despertarte y aún no te han dado el alta. Si te llega a pasar algo otra vez por mi culpa no sé qué haría.

–Bueno, al menos dime dónde es–le pidió Trevor y ella se cruzó de brazos frustrada.

–¿Te puedo pedir un favor? No me preguntes nada, no te puedo pasar información de nada. Sabes que no soy muy buena mintiendo y si me presionas te lo voy a tener que decir, pero luego yo me voy a meter en problemas y tú te meterás en problemas también.

–Bueno, está bien. Tranquila, no te enojes bichito. Yo hago lo que tú me digas– se disculpó y Olivia lo miró.

–¿Qué dijiste?

–Que no te enojes...

–No, después de eso me llamaste bichito. ¿Sabes quien soy? Porque si sabes quién soy tengo que ir a avisar– dijo rápidamente y se echó hacia adelante para tomar su muñeca nuevamente.

–No, no, no. No te vayas.

–Pero es que...

–Perdóname, lo único que sé de ti es que eres probablemente la mujer más hermosa y tierna que he visto en mi vida. Desearía poder decirte más, créeme. Siento que te conozco, pero a la vez no y me está volviendo completamente loco.

–¿El golpe te hizo así de romántico?– comentó ella.

–No, en serio te lo digo. No sé porqué pero no puedo dejar de mirarte, ni de pensar en ti. Es raro, no se si estoy haciendo bien o mal..

–Está bien– Olivia le puso sus pequeñas manos en las mejillas para calmarlo–No pienses en eso ahora, es mejor que descanses. ¿Si? Yo me voy a buscar tu comida, así comes un poco y luego me voy.

–Bueno, suerte a dónde vayas. Que te vaya bien.

–Gracias.

–Y te voy a estar esperando así que vuelve, ¿está bien? ¿Me lo prometes?– Olivia asintió.

–Mjmm– Trevor no paraba de acercarse y de mirar sus labios, ella tampoco. Olivia soltó un suspiro rendida y le dio un beso profundo en la mejilla. Como si se tratase de una fuerza Trevor se acercó más para besarla, pero ella ya se había levantado para abandonar la habitación.

–¿Qué dijo?– preguntó Josh cuando la vio salir.

–Bueno, tiene preguntas. Pero, no se preocupen no le dije nada. Esta confundido y dice que quiere irse. Yo le dije que le llevaría algo de comer, pero se me está haciendo tarde para la subasta. Aún tengo que prepararme– dijo ella.

–Nosotros nos ocupamos, no te preocupes. Si pasa algo, yo mismo te llamaré– dijo Josh y ella le agradeció.

–Gracias, cuídenlo mucho, ¿si? Tratare de volver antes de que todo acabe.

–De acuerdo– le contó él.

Capítulo 25: Escape secreto

Trevor miraba el techo sintiéndose más frustrado de lo normal. No podía estar ni un minuto más en ese cuarto de hospital, Olivia no fue a verlo como le había prometido y estaba enojado. Parecía un niño de cinco años quejándose porque le quitaron su juguete favorito. Lo único que quería era salir de allí y buscarla para que le diera alguna explicación lógica, pero nadie lo dejaba salir. Se sentía completamente bien de salud y estaba más aburrido que una ostra.

–¿Cuándo voy a poder largarme de aquí?– se quejó volteando su mirada hacia el sofá donde se encontraba Josh durmiendo. Lo habían puesto a cuidarlo para que los demás pudieran irse a descansar. Muy mala decisión de Phil. Trevor arqueó una ceja al igual que la comisura de sus labios y sin hacer ruido se levantó de la cama.

Se arrancó el suero de electrolitos del brazo y tomó las llaves del auto de Josh. Necesitaba ropa para cambiarse, estaba literalmente desnudo debajo de esa bata de hospital. Se escabulló de la habitación escondiéndose de todos los doctores y enfermeras hasta llegar a alguna puerta de emergencia trasera. Llevándolo directamente al estacionamiento, Trevor presionó el botón de la alarma del auto de Josh para poder encontrarlo. Las luces del vehículo comenzaron a parpadear dando señales de existencia así que corrió hasta allá y abrió la cajuela esperando encontrarse con alguna mochila de deporte. El en gimnasio todos tenían una para llevar cambios de ropa, Josh no era tan musculoso como Trevor, pero le iban más o menos a la misma talla. No había nadie así que se cambió allí mismo poniéndose unos vaqueros negros, una camiseta de cuadros y botines café oscuro. No era muy su estilo, pero estaba bien. Además era lo único que había.

Una vez que terminó, cerró la cajuela y se subió al asiento del conductor. El problema era que no sabía a dónde de ir. Comenzó a revisarlo absolutamente todo hasta que se dio cuenta de que el teléfono de su amigo estaba en el asiento del pasajero.

–Que idiota– murmuró tomándolo en sus manos. En ese instante recibió un mensaje nuevo pero no tenía nombre ni una foto que lo identificara. Aún así lo leyó.

"Esta es la dirección del local por si alguno tiene tiempo de venir. Intentaré irme lo más pronto posible para cuidar de Trevor. Lamento que estés cubriendo mi turno de hoy en el hospital, intentaré compensarlo".

Era la chica, estaba seguro de que era ella. ¿Pero, porque Josh tenía su numero guardado?

–¿Acaso están saliendo? No...si estuvieran saliendo tendría algún nombre en el número de contacto. Juro que si le puso los ojos encima lo mato. Esa mujer es mía– musitó bastante molesto decidido a ir a ese lugar. No podía llamarla porque no se sabía el código para desbloquear el teléfono de Josh. Sólo podía leer la pantalla o hacer una llamada al novecientos once en caso de emergencia.

Mientras tanto, Olivia no paraba de saludar a todos en la subasta que se estaba llevando a cabo en el centro de convenciones de Londres. Estaba repleto de gente adinerada dispuesta a aportar grandes cantidades de dinero a la fundación. Sus padres estaban allí e incluso Saura y Rajiv asistieron. Pero Olivia estaba más preocupada por Enzo que por otra cosa. Durante los últimos días, había sido la única que se había estado ocupando del perro, pero cuando lo dejaba sólo hacía todo un escándalo. El casero fue flexible los primeros días cuando se enteró de la situación de Trevor, pero ya no estaba dispuesto a seguir escuchando más ladridos ni los vecinos tampoco. Tenía que darse prisa e ir a recogerlo antes de que la echaran o algo peor.

–Muchas gracias por venir, por favor disfruten de la subasta– dijo Olivia saludando a una pareja en la entrada. Saura se le acercó de repente y la sostuvo del brazo para decirle algo al oído–¿Qué pasa?

–Iré a poner mi bolso en el auto, le dije a Rajiv que me guardara el asiento. No te preocupes, llegaré a tiempo para ver tu escultura. Ya regreso– dijo Saura y ella asintió.

Mientras esperaba Olivia dio una vuelta dentro de la sala para ver si todo estaba saliendo bien. Saludó con la mano a sus padres que se encontraban sentados al lado de Rajiv y luego se dio la vuelta para ver porqué Saura tardaba tanto. Estaban a punto de presentar su escultura, pero de pronto sintió cómo su teléfono vibraba en su bolso. Lo tomó y vio que era Saura.

–Tienes que venir a la entrada en este instante, Trevor está aquí y lo acabo de ver entrar al local. ¿Qué no se supone que estaba en el hospital?

Olivia abrió los ojos de par en par.

–¿¡Qué?!– intentó no gritar muy fuerte. Volteó a ver hacia los lados y cuando vio a Trevor entrar se quiso enterar viva. El observó toda la habitación con detenimiento tratando de encontrarla y cuando lo hizo se aproximó a paso firme. Lucia un poco molesto, pero se veía bastante bien. Esa forma de caminar y su expresión seria hacía ruborizar las mejillas de Olivia.

Decidió caminar hasta él y lo tomó de la camisa llevándoselo a una esquina.

–¿Qué estás haciendo aquí?– le preguntó entre dientes.

–¿Qué estoy haciendo aquí?–dijo sarcásticamente–¿Por qué mejor no me dices porqué no fuiste a verme como me prometiste y que es lo que tienes con Josh?–preguntó él.

–Baja la voz, no vamos a hablar de esto aquí– le advirtió ella poniéndole una mano el pecho con firmeza. Trevor se detuvo poniéndose las manos en los costados y la miró fijamente–¿Por qué me estás mirando así?

–Es que te vez linda cuando te enojas– dijo y Olivia se quedó muda por un momento.

–Damas y caballeros, esta es la obra número 19 de la subasta. Creada por una de nuestras artistas más talentosas– dijo el presentador quitando la tela que cubría la escultura de Olivia sobre una mesa–Se trata de una escultura exquisita y muy atractiva de mármol blanco representando a un hombre de perfil. La escultura se llama "El Neptuno de Trevor Moses".

Al escuchar el nombre de la escultura los dos se voltearon a ver. La escultura era realmente divina con unos detalles extraordinarios. Era exactamente el rostro de Trevor, mostrándolo desde los hombros hasta la cabeza y enseñaba su tatuaje de la espalda también. Trevor dio dos pasos al frente y se impresionó al ver lo similar que era la escultura con él. Cada detalle y cada curva era él.

–¿Tu...hiciste eso?– preguntó él sin aliento–Por Dios, es extraordinario.

–¿Eso crees?– dijo Olivia esperanzada. Nunca había pensado en tener la esperanza de que Trevor lo viera, realmente pensó que jamás iba a poder mostrárselo.

–¿Cómo supiste lo del tatuaje? Los detalles son impresionantes, es como si hubieras estado muchas horas observándome. No es posible que algo se parezca tanto a mi– mencionó él sorprendido.

–Pues, pasó algo así– confesó ella y él la volteó a mirar.

–Comenzando con 100 dólares, 200 dólares– los invitados comenzaron a levantar sus números con mucho entusiasmo. Era una pieza magnífica.

–Quiero tenerla, ¿puedo tenerla? ¿Cuanto quieres por ella?– dijo Trevor y Olivia levantó las cejas.

–No puedes tener esa escultura, ¿estas loco?

–¿Por qué no? La hiciste para mí, yo debería tenerla– insistió y algunos voltearon a verlos y comenzaron a susurrar lo mucho que se parecía Trevor a la escultura.

–No lo hice para ti, lo hice sobre ti. Por favor, baja la voz– suplicó Olivia.

–Maldición, ¿qué fue lo que te hice? Primero me dejas plantado, me pides que no te acompañe y luego no quieres regalarme la escultura que evidentemente hiciste para mi– dijo Trevor quejándose–Es que estás saliendo con alguien más, ¿verdad? Si es Josh te juro que...

Olivia quiso reírse. Trevor parecía un chiquillo quejándose por todo y lo peor es que le estaba haciendo una escena de celos increíble.

–Si me acompañas afuera te prometo que responderé a todas esas preguntas– Trevor se cruzó de brazos y entre cerró los ojos mirándola.

–¿Estas segura?

–Pruébame– luego de pensarlo un poco Trevor accedió.

–Está bien.

Aliviada de evitar un escándalo, Olivia sacó a Trevor del brazo lo más rápido que pudo. Cuando salieron del centro se posó frente a él para explicarle todo.

–De acuerdo, primero que nada te he dicho que dejes de mirarme así.

–¿Qué? Ahora resulta que tampoco puedo mirarte– respondió él como si fuera el colmo– No puedo dejar de hacerlo, ¿qué quieres que te diga? ¿qué no te das cuenta de lo loco que me tienes?– se quitó las manos de los bolsillos y se acercó más a ella–Dime que no tienes novio, por favor– le suplicó y Olivia se acaloró.

–N-no tengo novio– musitó ella y él le tomó el mentón con una mano.

–¿Y qué pasa con Josh? ¿Él está interesado en ti? Si él te gusta, yo te puedo gustar más.

–Él no está interesado en mi ni yo en él en lo absoluto, ¿de donde sacas eso?– dijo ella viendo cómo Trevor miraba sus labios.

–¿Enserio? Sólo fue algo que pensé, es todo– él suspiró. Estaba realmente flechado por ella.

Capítulo 26: Solo un beso, por favor

—¿Por qué me dejaste plantado?– preguntó Trevor viendo cómo Olivia respondía a sus caricias. Le temblaba el cuerpo de lo cerca que estaban.

–Yo no quise dejarte, te juro que iba a llevarte tu comida pero tenía que estar aquí antes de que se me hiciera más tarde. Le dije a Josh que en cuanto terminara iba a ir a verte. ¿Cómo llegaste a aquí? No entiendo porque no me dijeron que te dieron el alta a menos que...– Olivia pensó y lo miró– ¿Te escapaste del hospital?– preguntó molesta y se quedó mudo.

–Bueno, es tu culpa por haberme dejado plantado. No tuve otra opción que venir yo mismo.

–¿Cómo se te ocurre escaparte del hospital? ¿Llamaste un taxi? ¿Y de donde sacaste esa ropa?– preguntó histérica señalándolo.

–Vine en el auto de Josh, encontré ropa en su cajuela y luego vi la dirección en su teléfono cuando le enviaste ese mensaje.

–¿¡Viniste conduciendo?!

–Por supuesto, no iba a venir caminando. ¿Sabes todas las cuadras qué hay de aquí al hospital? Estoy en buena forma, pero no es para abusar. Además quería verte, ¿también me vas a regañar por eso?– se volvió a cruzar de brazos y Olivia se calló.

–No, claro que no. Lo siento, es solo que estaba preocupada por ti. A penas despertarte y ya estás de aquí para allá como si ese accidente no te hubiera afectado en nada.

–Pues no siento nada, estoy bien y me siento perfectamente. Ya no aguantaba más estar en esa habitación, no me gustan los hospitales– confesó él.

–Lo sé, perdón– se disculpó Olivia temerosamente.

–¿Cómo puede ser que tú y yo no estemos casados?– dijo sincero y ella se sorprendió.

–¿Qué?

–¿Qué pasa, es que estoy casado con otra? Aparentemente no recuerdo muchas cosas. Me divorcio, te lo juro, me divorcio ya. ¿Estoy casado con otra? Enserio te lo digo.

–Por los pinceles de Miguel Ángel– susurró ella–No, no estas casado, es lo único que te voy a decir– Trevor levantó una ceja.

–¿Qué? ¿Estoy juntado?

–No, no estás juntado. ¿Con quien vas a estar juntado?– Trevor le tomó las mejillas con su mano derecha y Olivia paró de hablar.

–¿No lo estoy?– dijo muy cerca de ella.

–No...ay, me va a dar un paro cardíaco– dijo entre dientes–No. ya te dije, no estás casado, ni divorciado, ni viudo, ni nada. ¿Quedó claro? Ahora, hagamos una cosa. Vamos de nuevo al hospital para que descanses y luego esperamos a que el doctor amablemente nos dé el visto bueno para sacarte.

–No, no, no. No quiero regresar ahí, vamos a otro lugar. Solo tú y yo. Un lugar lejos de todo, sólo quiero irme. Nadie me dice nada y no sé lo que está pasando con mi vida en estos momentos. Solo quiero sentirme en paz contigo, es todo lo que quiero.

Le pidió Trevor. ¿Como decirle que no?

–Ugh, está bien– terminó aceptando y Trevor le pasó una mano por la cintura.

–¿Me das un beso?

–¿Cómo?– ella suspiró mientras él rozaba su nariz en sus mejillas dándole mimos para que accediera.

–Es que no puedo dejar de mirar tus labios, no sé porqué pero siento como si te necesitara. No quiero que pienses que estoy loco, pero no me gusta estar lejos de ti. Algo me dice que no lo haga , no sé cómo es eso posible. Muero por saber quién eres, porqué me conoces o porqué me cuidas tanto...al menos dime tu nombre.

–Debes recordarlo por ti mismo– insistió y él soltó un fuerte suspiro–Lo lamento, yo también quiero que me recuerdes, ¿pero qué puedo hacer?

–Sí. Lo sé, lo sé. Solo estoy complicando más las cosas.

–¿y si te muestro?– Olivia comenzó a pensar en otras alternativas, no quería dejarlo con la incertidumbre.

–¿Mostrarme?

–Si te llevo conmigo, tal vez así puedas recordar. Pero, debes darme las llaves del auto de Josh. No quiero que conduzcas. Nos iremos en mi auto–dijo tendiéndole la mano para que se las entregara.

–¿Por qué no?– se quejó.

–Porque nunca lo habías echo antes y me pone nerviosa que lo hagas. Solo entrégamelas, por favor– le pidió ella y él se las sacó del bolsillo.

–Bien, no puedo decirte que no– Olivia hizo un gesto con las cejas–¿Qué? ¿Solía decirte que no?

–Sí...más veces de las que hubiera querido– dijo con nostalgia.

–Lo siento– se disculpó dando un paso al frente–Me oigo como un idiota–ella se rió.

–Está bien, no era tu culpa. Al menos no del todo– comentó para calmarlo. Él asintió con la cabeza y la tomó de la mano inesperadamente.

–¿Qué puedo hacer para compensarlo? Me han dicho que tengo muy mal carácter y que no sé cuando pedir perdón. No quiero que eso me aleje de ti. Lo que sea que hice, prometo que lo arreglaré.

Olivia miró sus manos entrelazadas y sintió una presión en el pecho. Lo extrañaba tanto que ya no le importaba lo que dijeran los demás. Ella le dedicó una sonrisa tierna y sostuvo su mano con firmeza.

–Solo no me vuelvas a dejar sola, ¿de acuerdo?

–Lo que tú me pidas, bichito.

Olivia asintió y tomó su teléfono para marcarle a Saura y decirle que se iría con Trevor. Le dejó la tarea de quedarse con el auto y que llamara a Phil para que fuera a buscarlo lo más pronto posible. Saura estuvo más que da acuerdo. Olivia le dejó las llaves dentro del auto de Josh y se fue sin decir nada más.

Trevor se subió al auto de Olivia y de inmediato frunció el ceño.

–¿Pasa algo?– dijo ella encendiendo el motor.

–No...Es que siento ya eh estado sentado aquí antes. No importa, ¿porqué mejor no me dices a dónde vamos?

–Iremos a buscar a tu perro. Debe estar armando todo un escándalo– musitó ella comenzando a conducir en dirección al condominio.

–¿Mi perro? No tengo ningún perro– dijo como si fuera absurdo–Nunca me han gustado los perros.

–Éste te gustará, te lo aseguro. Es un perro especial.

Al llegar al condominio, Olivia y Trevor se encaminaron hacia las escaleras para poder subir. El guardia de seguridad se quedó literalmente petrificado cuando vio que Trevor lo estaba viendo. Ni siquiera los saludó. Olivia se quedó de tras de él viendo cómo subía las escaleras como si nada. Se sentía tan agradecida de que estuviera allí con ella, sano y salvo.

–¿A qué puerta debemos entrar?– Trevor señaló el número de puertas un poco confundido.

–¿Qué te parece la 3?– le preguntó mirándolo con diversión.

–Estás haciéndome escoger al azar para meterme en problemas, ya veo lo que haces– Olivia se rió y se aproximó a la puerta para abrirla–Aún me debes ese beso, ¿te acuerdas?– dijo a sus espaldas sosteniendo ambos lados laterales de la puerta.

–No, no se me ha olvidado– ella se volteó quedando frente a él.

–Pues quédate quieta para que pueda hacerlo, ya no puedo aguantarme más– Trevor la arrinconó entre el marco y la puerta media abierta. Olivia aspiró el aire sosteniéndolo en su pecho, Trevor estaba totalmente decidido. Pero de pronto un ladrido fuerte los detuvo. Estuvieron a sólo unos centímetros de besarse–Enzo, ¿podrías tranquilizarte? Eh intentado besar a esta mujer todo el día, lo estás arruinando– Trevor se escuchó molesto.

Ambos levantaron las cejas y se voltearon a ver al perro.

–¿Lo recuerdas?– preguntó Olivia y Trevor miró a Enzo con detenimiento.

–Eso creo, reconocería ese ladrido en cualquier parte– Trevor se acuclilló delante de Enzo y lo acarició. Al momento de tocarlo comenzó a recordar algunas cosas–He tenido este perro hace mucho, ¿no es así?– preguntó serio intentando poner en orden su cabeza. Enzo parecía más que contento, movía la cola de un lado para el otro totalmente feliz de volver a ver a su dueño.

–Lo has tenido desde que te conozco, ah estado contigo siempre– le respondió Olivia cerrando la puerta tras de sí. Trevor levantó la vista y observó el apartamento con minuciosidad. Las paredes eran de color azul royal, habían algunas macetas de plantas en alguna esquina, la cama estaba perfectamente ordenada y ciertamente habían cosas de él allí. Revisó los cajones uno por uno. Su ropa, sus guantes de boxeo y fotografías viejas se encontraban en perfecto estado. Vio su teléfono sobre su mesa de noche y lo tomó para revisarlo. Tenía llamadas y varios mensajes perdidos, la mayoría sin leer.

Comenzó a revisar todo alfabéticamente hasta que se encontró con el encabezado de Chloe. Se había olvidado de ella por completo. Supo que había terminado las cosas con ella, pero no exactamente cómo o porqué. Se metió al icono de las llamadas y la mayoría iban dirigidas a Phil, a los chicos y a una tal Olivia.

–¿Quién es Olivia? ¿Por qué tengo tantos mensajes de voz de ella?– Olivia abrió los ojos alarmada.

–No es nadie, no es necesario que escuches eso–alzó la voz arrebatándole el teléfono. Trevor la miró extraño.

–¿Porqué no?

–Porque no sé si sea el momento de que los escuches.

Capítulo 27: La primera cita

—Yo creo que sí es el momento. Si no es ahora, ¿entonces cuando lo voy a escuchar? Necesito saber qué fue todo lo que pasó antes de entrar a ese hospital, recordar todo lo que olvidé. Necesito saber más así que por favor devuélveme el teléfono.

Trevor habló con mucha seriedad. Iba enserio eso de devolverle el teléfono, pero Olivia no lo hizo.

–Está bien, pero, ¿podríamos hacer un trato primero?–dijo rápidamente.

–¿Cual?

–Salgamos– Trevor levantó las cejas bastante interesado.

–¿Quieres salir?–preguntó sorprendido, pero no le molestaba en lo absoluto–No me mal interpretes, linda, pero hace un par de horas no pensabas lo mismo.

–Si, tengamos una cita–respondió decidida–Una cita real, con cena y todo lo demás. Si me permites llevarte a los lugares donde todo comenzó, te aseguro que los mensajes de voz no harán falta. Si no recuerdas nada para ese entonces, te prometo que lo contaré todo.

–Con una condición.

–La que quieras– dijo ella.

–Que apagues tu teléfono. Si haremos esto no quiero que nadie nos interrumpa, si accedes entonces me olvidaré de los mensajes y yo también apagaré el mío– Olivia no pudo estar más de acuerdo–Sólo seremos tú y yo. Parece justo, ¿no crees?

–Entonces es una cita– comentó Olivia dándole al botón de apagado a su teléfono dejándolo en la mesa y consecuentemente Trevor hizo lo mismo con el suyo–Tienes 15 minutos para arreglarte– ella caminó a la puerta.

–¿15 minutos? Pensé que nos iríamos ya. ¿A dónde vas a ir?

–14 minutos y contando– dijo ella desde la entrada arrancándole una sonrisa a Trevor.

–De acuerdo.

Al quedarse solo, se sentó en la cama y posó los ojos en su teléfono con la tentación de escuchar los mensajes. Pero se negó y se volvió a levantar para prepararse. Se dio una ducha rápida y se posó frente al espejo del lavabo para poder afeitarse. El vapor del agua caliente hizo que el espejo se empañara y le nublara la vista interrumpiendo todo el proceso. En ese momento se detuvo. Observó la navaja con atención recordando lo difícil que le resultaba hacerlo por si mismo. Todo volvía a su mente con rapidez, pero aún habían piezas perdidas.

Terminó de afeitarse y abrió los cajones para vestirse apropiadamente. Escogió unos jeans, un cinturón y una camiseta de botones de color negro con zapatos de vestir. Se perfumó y tomó su billetera de la mesa que estaba justo al lado de los lentes. Inconscientemente los tomó y se los puso, como si se tratara de una rutina que no podía olvidar. Al darse cuenta de ello se los quitó y los dejó en su lugar. Resopló y se volteó a mirar a Enzo.

–No hagas ningún escándalo– le advirtió y salió encontrándose de frente con Olivia quien también estaba cerrando su puerta.

Trevor la observó como si fuera la primera vez. Traía también un vestido negro. Le quedaba totalmente asombroso. Era ajustado en las caderas y lo decoraban unas tirillas cruzadas en la espalda. Llevaba tacones rojos y una chaqueta estilo cardigan colgada del brazo derecho. No sólo la observó, si no que la analizó también. Necesitaba atar los cabos sueltos. La estatura, la textura suave de su piel, su voz, sus manos pequeñas, su olor...todo concordaba con lo que tenía en mente. Por supuesto, no iba a decirle que había recuperado fragmentos de lo que le había pasado. Primero quería averiguar si ella era precisamente quien se imaginaba antes de comenzar a preguntarle cualquier cosa.

–Trevor, ¿te encuentras bien?– preguntó preocupada poniéndole una mano en la mejilla. El tacto lo sintió tan familiar.

–¿Qué?

–Te viste un poco pálido de repente. ¿Te sientes bien?– Trevor se acercó hasta el cuello de Olivia sin previo aviso y comenzó a rozar su nariz por todo él. Una corriente le recorrió la espalda a Olivia y abrió los ojos como platos.

–¿Cómo es que siempre hueles así de maravilloso?

–¿Q-qué estás haciendo?– Trevor posó un suave y delicado beso justo en la curvatura del cuello y el hombro. La piel de Olivia se le erizó al instante y soltó un suspiro. El deseo y la atracción estaban allí más presente que nunca. Era algo casi imposible de explicar con palabras.

–Considerando que esta es nuestra primera cita, supongo que puedo tomarme algunas libertades. Te ves muy bien. Diablos, mejor que bien.

A Olivia se le escapó una sonrisa.

–Gracias. Tú también estás muy guapo. El negro te sienta increíble– Trevor levantó las cejas.

–¿Y me lo dices a mi?–musitó señalándole el vestido y ella se rió–¿Qué tal si caminamos? Si los tacones te cansan, con gusto podría llevarte en mi espalda.

–¿Quieres caminar? Iremos a varios lugares, ¿seguro que te sientes bien para hacerlo?

–Estoy perfectamente, además así tendré una excusa para tomarte de la mano cuando quiera. Es decir...por si me pierdo.

–Oh, con que es por eso–dijo ella cruzándose de brazos, mirándolo con los ojos entrecerrados–De acuerdo– asintió satisfecha y ambos salieron del condominio a pie. Lo primero que hicieron fue hablar durante todo el camino sobre cualquier cosa, mientras recorrían las calles donde los dos salían a correr temprano en la mañana. Olivia iba muy al pendiente de todos sus gestos porque en ocasiones se ponía serio; como si estuviera pensando en algo importante. Evidentemente tenía muchas cosas en la cabeza, pero no veía que recordara nada. Al menos eso era lo que ella creía.

–¿Dónde nos conocimos?– preguntó él después de un rato.

–En el condominio– ella sonrió recordando lo que había pasado ese día y él se fijó en ello.

–Parece un recuerdo lindo– ella se rió.

–No del todo– Olivia se giró sobre sus pies y comenzó a caminar de espaldas para mirar a Trevor–Éramos como el agua y el aceite cuando nos conocimos, solíamos pelearnos mucho. Creo que éramos unos masoquistas, nos gustaba escuchar las quejas del otro, supongo.

–¿Qué?– se rió– Bueno, me gustan las de carácter fuerte, ¿qué puedo decir?

–¿Como siquiera sabes que te gusto? No sabes quién soy–dijo ella deteniéndose frente a un bar.

–Por supuesto que lo sé.

–¿Lo sabes?– se quedó perpleja esperando.

–Tal vez si...tal vez no. ¿Tú que piensas?– jugueteó él y ella negó con la cabeza–Con unos cuantos besos, tal vez todo me vuelva a la cabeza.

–Ya sé lo que haces...Cielos, ¿porqué no nos tomamos unos tragos? Hace un poco de calor, ¿no?– dijo señalando la puerta de un bar a sus espaldas–Ya sabes, para relajarnos un poco y eso. ¿Juegas al billar? ¿Porqué me sonríes así?– nerviosa, se tocó el cabello mirando esa sonrisa seductora que la atravesaba.

–Eres intensa.

–¿Eso crees?– preguntó temerosa–¿Lo dices de la forma mala?

–Jamás en mi vida le había pedido tantas veces a una mujer que me besara y tú apareces y me dices que no. Definitivamente lo digo de la forma sexy.

Olivia abrió la boca en firma de "O" sorprendida y antes de que pudiera contestarle, Trevor la tomó con firmeza de la nuca y la besó con ganas. Él era alto y se superponía ante ella con firmeza. Esa fragancia masculina la mareaba, sus besos eran húmedos y calientes. Llenos de amor y lujuria. Era la primera vez que Olivia había querido tener más y tocar más de alguien. Si la hacía sentir en las nubes con un simple beso en medio de la calle, ¿cómo sería si estuvieran completamente solos? Seguramente ninguno podría contenerse. Quería que la siguiera besando hasta el cansancio, hasta que sus labios se pusieran tan rojos de tanto que ardiera.

Los dos se separaron unos centímetros para tomar aire y se miraron en silencio.

–Moría por hacer eso– comentó él y Olivia deslizó su mano por su cuello hasta llegar al cabello para enredarlo entre sus dedos.

–También yo– le respondió sin quitar la vista de sus labios.

–Es malditamente bueno saberlo– se sinceró soltando un suspiro y Olivia volvió a aprisionar sus labios con los de él. Trevor aprovechó el momento y los mordió con un poco de fuerza–Va a llover.

–¿Qué?– preguntó ella como si le hubiera resultado gracioso, riéndose en sus labios.

–Lo puedo sentir– susurró Trevor entre besos y en exactamente diez segundos una ráfaga de lluvia los comenzó a empapar a los dos haciéndolos abrir los ojos de par en par. El viento y la lluvia estaban completamente helados. Sus respiraciones estaban agitadas. Querían seguir besándose bajo esa romántica lluvia, pero estaba demasiado frío como para quedarse afuera. –¿Te gusta el Vodka?– le preguntó abriéndole la puerta del bar y Olivia sonrió de una manera totalmente esplendorosa.

Capítulo 28: El puño de una chica

La calentura del Vodka recorrió completamente la garganta de Olivia y comenzó a toser. Jamás había bebido algo así de fuerte y le resultaba fascinante. Trevor le resultaba fascinante. Al menos el frío que le había causado la lluvia había casi desaparecido. Era cierto eso que decían del alcohol, no te crea pero si te transforma y ese inocente rostro de Olivia ya no le resultaba tan inocente a Trevor después de ese primer vaso de Vodka. No estaba acostumbrada a beber.

–¿Sabes que no se puede beber Vodka sin antes hacer un brindis?– le preguntó Trevor mientras dejaba que el cantinero les sirviera una segunda ronda. El bar estaba repleto de gente, era rústico y bastante amplio.

–No soy rusa así que por qué lo sabría– dijo ella comenzando a relajarse y dejándose llevar por sus emociones–El último brindis que hice fue en la boda más reciente de mi abuela. Hasta el día de hoy aún sigue casada, me sorprende que no le haya dado un infarto todavía. Está bastante mayor, mi padre dice que ya se quedó sorda. Mi familia está un poco loca así que no te sorprendas si algún día vez algo raro. Ahora que lo pienso eres el primer hombre que le presento formalmente a mi familia...o más o menos.

–¿Conozco a tu familia?– preguntó sorprendido reposando su mejilla en su mano derecha, recostado de la barra. Le encantaba escucharla hablar y decir todo tipo de cosas raras.

–No a toda, pero sí. A mis padres y a mi hermano, Alan. Oh, y a mi abuela también, claro.

–Aquí tienen– les dijo el cantinero poniéndole las bebidas de frente.

–Gracias–dijeron al unísono.

–¿Por qué te gustaría brindar?– dijo Olivia levantando su vaso en el aire.

–¿Qué te parece por nuestra primera cita y...por nosotros?– sugirió Trevor y ella asintió con una pequeña sonrisa.

–Por nosotros– sus vasos chocaron haciendo "clinc" dándole un cierre definitivo al brindis, pero un hombre a las espaldas de Trevor comenzó una discusión con otro frente a él haciendo que derramara su bebida en la fina camisa de Trevor.

Los dos extraños aún no se habían percatado del desastre que habían ocasionado y Trevor no estaba muy contento. Habían arruinado un momento totalmente romántico y especial.

–¿Es una maldita broma?– gruñó Trevor volteándose. No era muy expresivo, pero cuando se molestaba no había nadie quien lo detuviera–Oye– volvió a insistir para que el culpable lo mirara y se levantó.

–Lárgate de aquí, imbécil. ¿Qué no ves que estoy en una discusión?

La cara de Olivia se volvió todo un poema, estaba furiosa. Y antes de que Trevor dijera algo más, ella se le puso en frente al desconocido.

–¡Aquí el imbécil eres tu, idiota!– gritó enojada y todos se sobre saltaron–Esta ha sido la única oportunidad que he tenido de salir con este hombre y lo estás arruinando absolutamente todo. ¿Alguna vez habías visto a un hombre así de guapo?– señaló a Trevor–¡Por supuesto que no! Te aseguro que estás metiéndote con las personas menos indicadas, no me conoces amigo. Si te vas ahora, te juro que estaré haciéndote un favor.

–A mi no me amenaces, niña.

–¿O qué?– ella lo encaró y Trevor tuvo que acercarse para calmar las cosas. Lo último que quería era que saliera lastimada a causa de ese hombre, el otro no parecía meterse mucho en la discusión. Además, estaban en una cita. No era momento de ser arrestados y permanecer toda una noche en la estación de policía por armar semejante escándalo.

–Tranquila, dejémoslo pasar por esta vez– le susurró tomándola de la cintura, pero Olivia estaba haciendo un contacto visual de odio hacia el otro hombre–Nena–volvió a decir en un tono de advertencia.

–Pero arruinó tu hermosa camisa y fue muy grosero–se quejó mirándolo.

–Si uno de ellos te llega a tocar por culpa de este problema, les arrancaré las manos y los ojos de una sola movida a los dos. Así que es mejor que dejemos las cosas así. Terminemos nuestro Vodka y continuemos con nuestra cita lejos de aquí, ¿de acuerdo, bichito?

–Pero...

–Sí, hazle caso a tu noviecito de pastel. Se ve que tiene más inteligencia que tú, perra– al hombre escupir semejantes palabras, Olivia y Trevor lo miraron como si finalmente hubiera cavado su tumba.

–¿Qué diablos fue lo que dijiste?– rugió Trevor tensando los músculos de la mandíbula y antes de que pudiera hacer algo Olivia cerró su puño derecho, tomó distancia y le pegó con toda la fuerza que tenía al hombre directamente en la nariz haciéndolo sangrar–Como un carajo– dijo Trevor totalmente sorprendido al ver cómo el hombre se balanceaba hasta caer de espaldas en el suelo–¿Lo noqueaste?

Olivia miró la escena sumamente asombrada. No sabía que tenía esa fuerza dentro de ella.

–Eso creo.

–Pensé que no era posible que me gustaras más, pero ya veo que no.

–Lo siento, no quise golpearlo de esa manera. Es que me enojé mucho– comenzó a decir ella con rapidez.

–Recuérdame nunca hacerte enojar– Trevor la tomó del brazo tomando todas sus cosas y pegaron a correr fuera del local cuando el hombre comenzó a moverse en el suelo. La lluvia los cubrió a los dos empapándoles la ropa y el cabello. De seguro irían a por ellos si no se apresuraban en largarse de allí. Además, no habían pagado la cuenta. Sería un delito doble.

Trevor se puso los dedos en la boca para silbar y llamar la atención de algún taxi. Llovía tan fuerte que era un poco difícil ver en la calle, pero tuvieron suerte. Abrieron la puerta trasera y se subieron.

–¿A dónde?– preguntó el taxista mientras ambos miraban atrás asegurándose de que nadie los estuviera siguiendo.

–Solo conduzca– dijo Olivia con la respiración agitada.

–Lo lamento, pero debo dejarlos en algún lugar. Este es mi último turno, la lluvia se pondrá peor dentro de poco. Pronosticaron una tormenta hoy en la mañana y no creo que haya paso para ir a ningún otro lugar que no sea esta zona.

–¿Estamos muy lejos del condominio?– le preguntó Trevor a Olivia.

–Pues, caminamos bastante para llegar al bar así que no creo que esté tan cerca.

–Podría dejarlos en el hotel London Palace, es el lugar más cercano donde puedo dejarlos y además es muy seguro–sugirió el taxista y Olivia y Trevor se miraron. Era la mejor opción que tenían.

–Realmente no tenemos otra opción, bichito– comentó Trevor.

–Lo sé–ella asintió–De acuerdo, entonces llévenos allí por favor.

–Muy bien–pasaron dos semáforos y el auto se detuvo justo en frente del hotel. Aparentemente tenía buenas críticas y era considerado uno de los mejores en todo Londres. No les vendría nada mal pasar la noche en un lugar como aquel.

–¿Cuanto le debo?– preguntó Trevor sacando su billetera, pero el taxista negó con la cabeza.

–No se preocupen. No me deben nada, sólo los traje a la esquina. Asegúrense de cuidarse el uno al otro esta noche, no salgan para nada. ¿De acuerdo, niños?

–Muchas gracias, señor. Usted también cuídese– dijo Olivia poniéndole una mano en el hombro.

–Regrese con cuidado–le pidió Trevor , bajaron del taxi y entraron corriendo al hotel. Y no eran los únicos allí, había al menos media docena de personas con maletas.

–Buenas noches, bienvenidos al London Palace. ¿Tienen reservación?– les preguntó la recepcionista.

–No, de echo estamos aquí por la tormenta. Esperábamos que pudiera darnos dos habitaciones, si es posible– dijo Olivia.

–Lo lamento mucho, pero todo lo que tenemos está reservado y no han sido los únicos pidiendo por lo mismo esta noche. Todas las habitaciones están estrictamente contadas.

–¿Está segura que no tiene nada para ofrecernos?–preguntó Trevor y la recepcionista posó los ojos en su computador revisando.

–Tenemos la habitación 234 que conociste de dos camas separadas y baños personales, pero aún no la han desalojado y dudo mucho que lo hagan en estas condiciones. Lo único que nos queda sería la habitación 521, tiene una cama matrimonial con un baño y la mejor vista a la plaza y a la piscina. Muchas parejas la solicitan, ha tenido muy buenas reseñas en los últimos dos años.

–La tomaremos– contestó Trevor y Olivia lo detuvo del brazo.

–¿No deberíamos discutirlo primero?– musitó por lo bajo y él la miró.

–Estás técnicamente temblando de frío, ¿que más podríamos discutir? Necesitas tomar un baño de agua caliente, no voy a permitir que te resfríes.

–Pero...¿no te preocupa que estemos solos?– le preguntó ella.

–Hemos estado solos todo el día, por supuesto que...oh– Trevor tragó fuerte dándose cuenta de la situación peligrosa en la estaban. Los dos sabían exactamente lo que pasaría esa noche si llegaban a dormir en la misma cama.

Capítulo 29: La peligrosa habitación "521"

—¿Van a tomar la habitación? – insistió la recepcionista.

–La tomaremos– volvió a repetir Trevor no muy seguro de sus palabras.

–Trevor– se quejó Olivia.

–No vamos a discutir por esto, es muy tarde para decir que no y los dos nos estamos muriendo de frío. Además nos quedaremos solo una noche, no pasará nada–respondió decidido llenando su información en una hoja de registro. Olivia respingó–¿Tienen servicio de lavandería?

–Por supuesto– asintió ella.

–Hágame un favor y mándeme una copa de champaña con comida a la habitación. Mi novia está un poco gruñona porque no ha comido en un buen rato– le susurró y ella asintió escribiéndolo en el formulario.

–Disculpa, ¿qué dijiste?–Olivia se cruzó de brazos.

–Sus llaves– la recepcionista le tendió las llaves a Trevor y el las tomó con rapidez–Que disfruten de su estadía.

–Muchas gracias– agradeció Trevor llevándose a Olivia de la cintura, más que molestaba estaba nerviosa. Él también los estaba.

Se adentraron en el ascensor y esperaron a subir a la quinta planta. Los dos estaban callados, pero el humor de Olivia se escuchaba a gritos. No hacía falta decir nada.

–No tienes porqué tener miedo– confesó él recostado del ascensor mirando fijamente hacia al frente.

–¿Yo? ¿Miedo?– comenzó a decir indignada– Por supuesto que no, ¿de qué hablas?

–Entonces, ¿porqué estás tan a la defensiva? No voy a hacerte nada, ¿por quien me tomas?

–Bueno...–Olivia intentó responder pero no tenía ningún argumento.

–No tienes nada que decir, ¿verdad? No tienes ni idea de lo mucho que me gusta verte enojada y que me hagas frente alzando ese lindo mentón que tienes, pero no soy un psicópata loco que intentará algo raro cuando entremos en esa habitación. No pienso arruinarlo así que quédate tranquila.

–Está bien–accedió cruzándose de brazos. Tenía tantas emociones encontradas que no podía decir cómo se sentía exactamente. Estaba nerviosa, enojada, emocionada y totalmente enamorada.

Las puertas del ascensor se abrieron dejándolos salir al pasillo. Contaron todas las puertas hasta que encontraron la "521" y entraron cerrando tras de sí. La habitación esa grandísima, todo un lujo.

–No puede ser, parece de película– dijo ella acercándose a la cama–Es tan blandita y mira, hasta tiene un mini refrigerador. ¡Y tienen chocolate!

Trevor se rió dejando la llave de la habitación sobre la mesa de noche.

–¿Nunca te habías quedado en un hotel?– preguntó con humor.

–Si, pero no en uno como este–musitó emocionada quitándose los tacones para luego subirse a la cama y comenzar a saltar en ella–Salta conmigo.

–¿Saltar? No– contestó como si fuera absurdo y gracioso–Vamos, baja– Trevor le tendió la mano.

–No seas aguafiestas.

–No voy a subirme, ven aquí y quítate la ropa– Olivia paró de saltar y se puso una mano en el pecho alarmada.

–¿Me estás viendo como un objeto sexual?

–¿Qué objeto sexual? Anda y ve a darte un baño de agua caliente que te vas a enfermar. No estoy insinuándote nada.

–Sí, claro– Olivia lo miró sospechosamente.

–Por todos los cielos– dijo frustrado desabotonándose la camisa.

–¿Te vas a quitar la ropa delante de mi?

–Nena...–Trevor suspiró.

–Ya sabía que tenías fama de exhibicionista– ella se cruzó de brazos, de rodillas en la cama–Eres igual a todos esos Casanova.

–Exhibicionista– repitió él con humor–No, soy igual a una de esas personas que cuida a la persona con la que está y la manda a bañar para que no se resfríe. ¿Sabes qué? Haz lo que quieras, espérame en la cama mientras me baño.

Olivia abrió la boca indignada.

–Ah, ¿qué quieres? ¿Que te espere desnuda y calientita dentro de la cama también?

–¿Yo dije eso?– preguntó Trevor muy cerca de su rostro con la camisa ya abierta.

–Bueno, dices las cosas con doble sentido así que, ¿qué esperas que piense?

–¿Dije eso? Contéstame, ¿si o no?

–No...puede que lo haya malinterpretado entonces– respondió ella aclarándose la garganta–Lo siento.

–Bien–respondió dándose la vuelta con intención de marcharse y Olivia rodó los ojos. Se sentó en el otro extremo de la cama, de espaldas a Trevor y comenzó a quitarse la parte de arriba del vestido dejándolo bajo su cintura. Trevor se volteó de repente y abrió los ojos como platos–Mierda– se chocó con la mesa de noche y Olivia se sobresaltó cubriéndose el pecho desnudo con los brazos.

–¿Qué haces?

–N-nada, vine a dejar la billetera en la mesa–explicó dejándola lentamente justo al lado de la lámpara que casi se cae por su torpeza. Olivia se mordió el labio inferior para no reír. Se había puesto muy nervioso–Yo ya me iba.

La sangre subió de inmediato a la cara de Olivia imaginándose por un momento todo lo que pudo haber pasado en ese segundo, si tan solo lo hubiera dejado acercarse un poco más, quizás ya se estuvieran devorando. Pero ya no lo sabría. En el baño, Trevor estaba teniendo más complicaciones de las que había tenido en mente. Estaba tan seguro de que no le pondría un dedo encima a esa mujer, pero al verla de aquella manera su perspectiva de la situación cambió completamente. Necesitaba tocarla, besarla y tenerla completamente para él. No se sentía incorrecto que tuviera ese tipo de pensamientos subidos de tono, pero no quería incomodarla. No había reaccionado de la mejor manera al saber que pasarían la noche juntos. Si dependiera de él, correría hacia la cama y la tomaría en sus brazos sin pensárselo dos veces, tenía muchas ganas de hacerlo. Pero todo dependía de ella.

Olivia terminó quitándose el vestido aprovechando la oportunidad de que Trevor no estaba y se puso una bata de baño que había perfectamente doblaba sobre una de las mesas. Tomó el vestido del suelo y lo tendió sobre una silla que estaba muy cerca del baño. Trevor se la encontró de frente y contuvieron la respiración al mismo tiempo. Él estaba en solo una toalla y ella con una simple bata de baño. La tensión era demasiado fuerte. Ella habló primero.

–¿Terminaste de ducharte?– preguntó intentado no enfocarse en su torso. Tenía un cuerpo hermosamente atlético. Era perfecto.

–Lo siento, no puedo hacer esto.

–¿De qué estás hablando?–preguntó preocupada poniéndole una mano en la muñeca.

–Siento que no voy a poder dormir en la misma cama que tú sin tocarte– explicó y Olivia se puso más roja que nunca–Sé que dije que no pasaría nada, creí que no pasaría nada pero...

–¿Pero que?

–Aún no sé leer muy bien tus señales así que necesito que me digas si estás de acuerdo o no–Trevor soltó un suspiro pero antes de que Olivia pudiera contestar alguien comenzó a tocar la puerta de la habitación.

–Servicio a la habitación– dijo una voz masculina tras la puerta y Trevor se aproximó después de darle un buen vistazo a Olivia quien parecía que le daría un infarto en cualquier momento si se le seguía acercando.

–¿Qué se le ofrece?– dijo él abriendo la puerta, de manera cortante.

–Tengo una orden para la habitación 521, ¿champaña y comida?– respondió el mozo leyendo una nota.

–Si, es correcto. Muchas gracias, perdón ¿le debo algo?

–Oh, no. Todo viene incluido con la estadía. Que disfrute su noche, señor– explicó y Trevor asintió con un gesto de cabeza.

–Gracias.

Trevor entró con la bandeja de comida, una botella de champaña y dos copas de cristal. Olivia estaba literalmente pegada a una pared, dando a entender que no quería acercarse. Pero en realidad no era así. Se estaba conteniendo ella misma para no saltar sobre él y besarlo con todo.

–No vayas a pensar nada raro de mí, esto...lo ordené para ti. Supuse que tendrías hambre luego de todo ese vodka– puso la bandeja a un lado, al igual que lo demás–No tienes que alejarte tanto, prometo que voy a respetarte. No haré nada que tú no quieras. Ya decidí que dormiré en el baño así que...

Esas palabras derritieron el corazón de Olivia como mantequilla. Jamás había conocido a un hombre que le dijera esas palabras y que actuara tan cariñosamente con respecto al tema. Parecía todo un niño bueno. Lo que hacía que a Olivia se le revolvieran los pensamientos más de la cuenta y se cegara completamente.

–No estoy de acuerdo– soltó y Trevor la miró confundido.

–¿Con qué?

–Con que no duermas conmigo.

Capítulo 30: El segundo despertar

—Perdón– Trevor rió nerviosamente–¿Podrías decirme que es lo que quieres decir con eso? Por que me estoy emocionando un poco.

Oliva se acercó.

–Digo que no quiero que duermas en el baño, sería tonto teniendo una cama así de grande para los dos– explicó evitándole la mirada.

–¿Estas segura de que eso es lo que quieres?– preguntó Trevor y ella lo miró.

–Sí– asintió–Siento que estamos haciendo de esta situación algo innecesariamente incómodo.

–Lo sé– él suspiró.

–¿Te parece si me ducho rápido y comemos juntos?– preguntó nerviosa y él asintió sin pensárselo dos veces– Es que no me gusta comer sola...así también podríamos hablar...si quieres.

–Por supuesto, yo te esperaré aquí. Llamaré a recepción para que envíen nuestra ropa a la lavandería. De seguro estará lista mañana en la mañana.

–Está bien, no tardaré– Olivia fingió una sonrisa y apresuró sus pasos para encerrarse en el baño. Se dio una ducha rápida de agua caliente y se cubrió con la misma bata que se había puesto antes de entrar. Era realmente lo único disponible que tenía de ropa en esos momentos. Se sentía nerviosa y pensaba que la bata no cubría todo lo que tenía que cubrir. Era bastante corta y la tela era de una ceda blanca. Dejaba bastante a la imaginación. Se miró al espejo y soltó un suspiro animándose así misma para salir. Estaba descalza y el suelo se sentía un poco frío por el aire acondicionado. Era una habitación muy acogedora. Trevor estaba sentado en una silla esperando a que ella saliera y cuando se dio cuenta de la presencia de Olivia levantó la mirada. Ella no se movió, aún tenía la mano pegada a la manija de la puerta del baño.

–¿Qué tienes?– preguntó él.

–Se siente muy raro para mi que me mires así. Como si me desearas y te gustara.

–¿Eso te pone incómoda?

–Nunca me habías mirado así...me siento muy agradecida de que estés aquí conmigo– confesó ella con la garganta caliente. Soltó otro suspiro y se acercó decidida hasta Trevor sentándose en su regazo. Él actuó sorprendido, pero aún así no dijo nada. Olivia rodeó sus brazos en su cuello y recostó su cabeza en su pecho. Solo quería permanecer allí el resto de su vida. Sin importar qué, siempre se sentiría segura estando con Trevor.

A Trevor se le cortó la respiración. La tenía para él. Toda y absolutamente para él.

–Es muy doloroso que no me recuerdes, pero prefiero mil veces eso a no tenerte conmigo. No podría soportarlo, siento que todo esto es mi culpa. Esa noche se repite una y otra vez en mi cabeza, y me oprime tanto el corazón que no me deja respirar. Es como una pesadilla donde lloro y grito porque no puedo ayudarte.

Mientras Olivia se desahogaba, Trevor le acariciaba el cabello y la escuchaba con paciencia. Podía sentir el dolor y la tristeza en sus palabras. Algúna vez él también sintió eso, por eso pudo entenderla.

–Lo que pasó no fue tu culpa. No quiero que te sientas así– Olivia se acurrucó aún más en su pecho y él le abrazó el cuerpo–Sé que no recuerdo muchas cosas, pero creo que debí haber echo algo bien para que la vida me regalara a la mujer más linda del mundo– Olivia levantó la cabeza y le sostuvo la mirada–No es poco que tampoco recuerde tu nombre, pero si sé que te amo.

Olivia se quedó quieta como un papel. Jamás le había dicho que la amaba. Con tanta fiereza, con tanta fuerza y cariño. Había sido el "Te amo" más sincero y puro que Trevor pudo haberle dicho a alguien en toda su vida.

–¿Dije algo malo?– preguntó viendo cómo Olivia se acomodaba en su regazo. Ella negó con la cabeza y le tomó las mejillas con ambas manos.

–Por supuesto que no– respondió ella sin aliento, su alma estaba echa todo un regocijo.

–Entonces...

–Sólo bésame– Olivia aprisionó sus labios contra los de Trevor con ganas. Él respondió de manera instantánea, sus cejas se arquearon del gusto. Se besaron con tanto amor que algo dentro de los dos comenzó a surgir. Ya no había nada que los detuviera, las ganas de tocarse superaban por mucho los nervios que pudieran estar sintiendo en aquellos momentos.

Sus respiraciones eran agitadas, estaban desesperados. Trevor besó y mordió el cuello de Olivia hasta ser capaz de deslizar su bata por los hombros. Pasó su gran mano por su espalda tocando cada centímetro de su piel. La piel de Olivia se erizaba con tan solo algunos roces. Las caricias de Trevor le quemaban la piel. La bata terminó callando en el suelo y Trevor se levantó después de un rato con Olivia en brazos para posarla en la cama. Los minutos se hacían largos y la habilitación comenzaba a calentarse. Trevor se sacó la toalla lanzándola al suelo y se posó sobre Olivia para besarle todo el cuerpo. El calor los envolvió a medida que se entregaban el uno al otro. Olivia se sintió tan pequeña en comparación a Trevor. Él era el doble de su tamaño, su cuerpo se sentía pesado sobre el de ella, pero le gustaba. Sus ojos verdes se tornaron más intensos que nunca. Ella comenzó a tocarlo y de inmediato sintió cómo la piel de Trevor era dura y a la vez suave.

Sus labios chocaban al mismo tiempo en un beso de puro fuego que duró demasiado. Aún besándose, Trevor acarició las piernas de Olivia con sensualidad. Los dos mostraban una entrega y una pasión única.

Los suspiros seguían llenando la habilitación mientras seguían explorando sus cuerpos al detalle y sin excepciones. Pasaban las horas y una pequeña, fina capa de sudor comenzó a formarse en sus cuerpos. Las uñas de Olivia arañaron la ancha espalda de Trevor haciéndolo delirar. Se sentía tan bien que ninguno estaba dispuesto a parar.

La luz del sol entró con sutileza por la ventana luego de todas esas horas sin descanso. Los dos estaban desnudos, cubiertos con solo una sábana. Luego de pasar unos largos minutos observándola, Trevor decidió despertar a Olivia con un reguero de besos por su espalda. Olivia se removió debajo de él y sin abrir los ojos sonrió plenamente. Se miraron sin decir nada mientras Trevor le daba mimos a su piel con la yema de los dedos.

–Hubiera dado lo que fuera por haber echo esto antes– Olivia se sonrojó al escuchar el comentario. De momento Trevor soltó una pequeña risa– Hemos echo muchas cosas estúpidas para llegar hasta aquí. Creo que después de todo esa adivina que me habías mencionado aquella vez tenía razón–Olivia frunció el ceño y comenzó a escuchar con atención. Eso se lo había dicho hace mucho, cuando se conocieron–Nos enamoramos sin siquiera saber que estábamos predestinados a estar juntos. Realmente la vida te muestra cosas de las formas más inesperadas, eso lo sé mejor que nadie.

Olivia quería hablar, pero no supo que decir. No quería interrumpirlo si estaba diciendo todas esas cosas. El corazón le latía tan fuerte que sentía que se le saldría del pecho en cualquier momento. Se acomodó de lado, recostando todo el peso de su cuerpo en su codo para mirarlo de frente. Él estaba exactamente en la misma posición, sólo que su cabeza estaba recostada en su mano. Trevor sostuvo la mano de Olivia y posó delicados besos en ella. Olivia suspiró complacida.

–Necesito decirte dos cosas y quiero que me escuches con atención– pidió él.

–Está bien– dijo Olivia guardando la calma.

–La primera es que lamento no haber sabido que tuve a un bombón así delante de mi todo el tiempo y no haberme dado cuenta. Es una lástima porque te tenía muchas ganas.

–Trevor– Olivia intentó no reírse.

–Y lo segundo es que no quiero que te preocupes más–Trevor tiró de la cintura de Olivia para acercarse más–Pase lo que pase, te prometo que nada ni nadie me volverá a separar de Olivia Eloise Hassan, la mujer que más amo en esta tierra. Mi Olivia...

Oliva se encontró en un mar de emociones. Quería llorar de la felicidad, pero también reírse así que no tuvo más remedio que hacer las dos cosas a la vez. Le besó el rostro desesperadamente, Trevor se dejó hacer cualquier cosa. Sabía que probablemente reaccionaría de esa manera cuando le confesara que la había recordado. Su corazón nunca se había sentido tan pleno como en aquel momento. De inmediato entendió que todo lo qué pasó o todo lo que tuvo pasar fue por un propósito más grande. Fue por ella.

Capítulo 31: El anillo (Parte 1)

Los sucesos buenos y malos siempre pasarán en la vida de las personas como cuadrículas en un juego de ajedrez. Cuadros negros y blancos que guían al rey y a la reina a permanecer juntos. Una decisión lo puede cambiar todo y el juez de esas decisiones es llamado "destino" porque es lo único que se encargará de jugar con esos hilos rojos para unir a los amantes. Dos personas que se anhelan sin aún saberlo. El destino y las casualidades normalmente van muy bien tomadas de la mano, la única diferencia es que las casualidades sólo suceden una vez en la vida. Como un anuncio cualquiera en un parabrisas cualquiera. Eso es una casualidad. Lo importante es lo que decidas hacer con esa casualidad. Algunos hubieran ignorado el anuncio, pero otros lo hubieran leído con detenimiento. Sin saber exactamente la acertividad de la situación, Olivia fue empujada por ese hilo que había en su vida. El de Trevor, por otra parte, había sido manipulado con anticipación. Tenía 17 años cuando se hizo su primer y único tatuaje, tenía 17 cuando se encontró con aquella mujer que le dijo que se lo hiciera.

Esa tarde había tenido un muy mal día en la preparatoria, había salido del aula con una carta de suspensión por una semana; por haberse peleado con un profesor que defendió al chico que lo molestaba hasta el cansancio. Se la pasaba diciendo que era un fracasado por no tener un padre. Había sido realmente injusto, se veían las preferencias entre los estudiantes. Solo porque no venía de una familia adinerada o funcional, no significaba que tenían el derecho de tratarlo de aquella manera. Aunque los demás no hubieran estado de acuerdo con sus decisiones, indudablemente Trevor tenía sus propios planes. Tuvieron que pasar nueve años para que se diera cuenta de que era un vencedor digno de ser admirado por muchos quien a pesar de entrar en un mundo sin luz y de derrota, pudo ver su verdadero yo a través de la oscuridad. Era un hijo, un amigo y un boxeador excepcional, pero sobre todo un hombre con agallas quien se atrevió a amar a una chica usando sólo su corazón.

Fue como tirar una moneda a un estanque y pedir un deseo. La mujer desconocida se lo había dicho aquella tarde después de la escuela, cuando caminó directo a casa: "El símbolo de Neptuno te salvará la vida y cuando te des cuenta de ello, serás la persona más dichosa y feliz del mundo." Durante nueve años esas palabras circularon en la cabeza de Trevor como un mantra. Tenía el sueño y el deseo de ser esa persona que esa desconocida predijo que podía llegar a convertirse. Para aquella adivina, Trevor era una pieza fundamental en su juego de cartas. Años después conoció a Olivia y se dio cuenta de que sus historias ya se habían escrito solas, sólo les hacía falta un pequeño empujón.

Dos años después...

–Puedes hacer esto– habló confiado mirándose en uno de los espejos de los vestidores del gimnasio de Phil terminando de abotonarse los últimos tres botones de su camisa–Mierda, ¿cómo se lo voy a decir?– con frustración Trevor se recostó de su casillero y se pasó las manos por el cabello.

–Lo harás bien, sólo no lo pienses demasiado– dijo Josh guardando sus guantes.

–¿Y si me dice que no? Mierda, no quiero ni imaginarlo– Trevor estaba a punto de colapsar–Tal vez no sea el momento y tenga que esperar otros dos años. ¿Qué pasa si no está lista?

–Lo está. ¿Hablaste con su familia como te dijo Phil?

–Por supuesto que hablé con ellos, no estaría así de nervioso si no lo hubiera echo.

–Pues entonces ya está, no hay vuelta atrás amigo–Josh le dio una palmada en la espalda a Trevor listo para salir–Ella no sospecha nada, ¿cierto?

–No, claro que no.

Esa tarde todos se estaban preparando para la primera cena de acción de gracias que darían Trevor y Olivia. Habían comprado una casa juntos poco después de que Olivia consiguiera un trabajo como galerista en un museo de Londres. No era el que había querido, pero el trabajo cubría esencialmente la descripción del título. Además había estado trabajando independientemente vendiendo sus esculturas de toque realista a personas que estaban dispuestas a comprar con cheques de grandes ceros. La escultura que hizo de Trevor para la subasta fue lo que la terminó convirtiendo en una de las artistas más influyentes del momento según el periódico local. Lo disfrutaba y más cuando le tocaba enseñarle a Trevor. Aveces se quedaba despierta trabajando en la sala de estar y Trevor se le juntaba cada vez que llegaba tarde del entrenamiento. Pasaban tiempo juntos y todos esos momentos terminaban en fogosas noches de lujuria. Era un ganar, ganar.

Trevor, por otra parte, terminó tomándose su profesión con más calma a petición de Olivia. Se tomó los últimos dos años para recuperarse físicamente y preparase para el contrato más grande que le habían echo en su vida. Trabajaría para las ligas mayores, la WFC o por su siglas: World Fighting Championship (campeonato de pelea mundial). Sería un trabajo que conllevaría muchos viajes a distintas partes del mundo así que Trevor tuvo una gran charla con Olivia, pero ella de inmediato accedió. Ni siquiera se lo pensó o le preguntó nada. Solo le dijo que no perdiera la oportunidad de poder cumplir su sueño. Fue algo muy importante para él ese gesto. Estaba muerto de amor por esa mujer y sabía que no importara dónde estuviese, siempre tendría un hogar a donde regresar. La tenía a ella.

Así que finalmente lo decidió. Después de doce tiendas de joyerías y varias observaciones a su chica, pudo escoger el anillo perfecto. Era casi tan hermoso como ella. Muchas cosas pasaron durante los últimos dos años.

Olivia conoció a la madre de Trevor, era una mujer hermosa para su edad y era más amable de lo que había pensado. Olivia tenía un carácter muy fuerte así que gracias a eso Trevor tuvo que poner un poco más de su parte para poder restablecer esa relación que ya no tenía con su madre. Él no tuvo ese problema con los padres de Olivia, lo quisieron desde el primer día que lo vieron así que no resultó tan difícil caerles bien. Hasta lo ven como de la familia.

–¿Quieres que conduzca?– preguntó Josh cuando Trevor desbloqueó el seguro de su camioneta.

–Cierra la maldita boca, hazme un favor y sube eso a la cajuela. Si llego sin esas botellas de vino a la casa, Olivia me mata– Josh soltó una carcajada e hizo lo que Trevor le pidió. Ya todos estaban acostumbrados a su mal genio, la única que podía ponerlo en su sitio era Olivia. Y hablando de la reina de Roma, el teléfono de Trevor comenzó a sonar en su bolsillo con una llamada entrante de ella. Trevor le hizo una señal a Josh para que se callara y luego contestó–Bichito, ¿qué pasa?

–Tengo un problema y no sé qué hacer. Necesito que llegues ya, por favor–Olivia habló tan rápido que a Trevor se le hizo difícil entender lo que decía.

–Cariño, más despacio. No puedo entender lo que estás diciendo. ¿Qué fue lo qué pasó?

–El pollo se quemó y ahora no sé cómo arreglarlo. Trevor, parece una piedra de carbón . ¡Y era la receta de tu madre, qué le voy a decir cuando llegue!– Olivia gritó tan alto que Trevor tuvo que despegar el teléfono de su oreja unos centímetros.

–Está bien, tranquila. Veré si puedo conseguir otro, y ni te no te preocupes por lo que diga mi madre. No se enojará.

–¿¡Dónde vas a conseguir otro!? Estuve desde las tres de la madrugada cocinando eso. ¿Deberíamos cancelar la cena?– sugirió exasperada y Trevor se pego más al teléfono.

–¿Como crees que vamos a cancelar la cena? Tengo cinco cajas de vino tinto en la cajuela, no vamos a cancelar nada.

–¿Cinco cajas? ¿Porqué compraste tanto?

–Por que tú me dijiste que lo comprara– soltó un suspiro–Escúchame, esto es lo que vamos a hacer. Deshazte del pollo, asegura la puerta de la cocina y deja la parte de atrás abierta para yo poder entrar y dejar el pollo nuevo en el horno. Tú los recibes a todos y luego servimos la cena como si nada hubiera pasado. Problema resuelto, ¿qué dices?– propuso él.

–Digo que te comería a besos, eres tan brillante– gruñó Olivia y Trevor negó con la cabeza junto a una linda sonrisa.

–Te veré en un rato, no quemes la casa, ¿si?

–Intentaré no hacerlo– respondió con un humor y colgó la llamada.

–¿Está todo bien?– preguntó Josh una vez los dos se subieron a la camioneta.

–Olivia quemó el pollo– confesó Trevor.

–Oh...típico de Olivia– comentó riendo. Lo mismo dijeron los padres de Olivia, Phil, su hermano Alan y todos los demás cuando Trevor llegó a la casa y se los encontró a todos fuera. El olor a ahumado que provenía de la cocina era bastante fuerte. Él aún no la había visto y tenido la oportunidad de hablar con ella de frente, se fue muy temprano en la mañana poder recoger las órdenes de vino y luego poder ir al gimnasio.

En la entrada, Trevor le pidió a Alan que llevara el pollo por la parte trasera de la casa y lo pusiera en el horno sin que ella se diera cuenta. Ya todos habían tenido el presentimiento de que la cena no resultaría tan perfecta como Olivia había dicho. Después de todo era hija de su madre, ninguna de las dos eran exactamente expertas en el área culinaria.

A medida que Phil y Trevor bajaban las cajas de vino, Olivia bajó rápidamente de las escaleras poniéndose los tacones torpemente para recibirlos a todos en la puerta.

–Olivia–la saludó Phil cuando entró–Te ves bien.

–Gracias, Phil– dijo sorprendida de Phil estuviera elogiándola, usualmente se lanzaban palabritas de odio. Pero era normal–Espero que tengas hambre, estás a punto de comer el mejor pollo de toda tu vida. Lo hice yo misma–dijo con altanería y él se rió.

–Apuesto a que si– Olivia entrecerró los ojos y dejó que continuara. Trevor subió los escalones de la entrada y se detuvo en la puerta para mirar a Olivia.

Había cambiado un poco. Tenía el cabello mucho más largo y se veía mucho más madura. Vestía un lindo y notable vestido de color verte con un escote en "V" bastante pronunciado y tacones de punta fina. Se veía muy atractiva. Normalmente debía vestir formal para la galería y aún así Trevor seguía pensando que se veía estupenda. Realmente la amaba e intentaba demostrárselo todos los días. Estaba más nervioso que cualquier pelea a la que pudo haber asistido. No era un hombre que expresara abiertamente sus sentimientos reales y mucho menos en frente de todo un público: Ambas partes de la familia. Claro, siempre se tomaba el atrevimiento de decirle lo guapa que estaba o intentaba seducirla con alguna broma interna de doble sentido. No era nada comparado con lo que haría. Tenía que hablar desde el corazón. Debía que ser sincero.

–¿Estas bien? Te pusiste pálido por un segundo–Olivia lo traba con mucho cariño. Lo tomó del brazo para acercarlo a ella y poder verlo mejor–No me digas que le dijiste sobre el pollo a los demás.

–No. No, claro que no bichito. Estoy bien, es solo que...

–¿No te gusta el vestido? Tal vez sean los zapatos. ¿Es el color? Sabía que algo andaba mal, iré a cambiarme. El azul resalta mejor mi piel, ya vuelvo– Trevor abrió los ojos y la detuvo.

–Que no se te ocurra. Estás perfecta– confesó y ella soltó una sonrisa muy bonita.

–¿Eso crees? Dime honestamente, ¿qué opinas?

–Si me das una vueltecita podría decirte– Trevor tomó la mano de Olivia y la giró lentamente para lucirla. Ella soltó una carcajada.

Capítulo 32: El anillo (Parte 2)

—No puedo creer que encuentres cada oportunidad para flirtear conmigo–Olivia se acercó y tomó la mano de Trevor para hacer lo mismo con él. Tuvo que pararse en puntitas para poder alcanzarlo, era mucho más baja que él aún con los tacones puestos–Nada mal, señor Moses. No tenía ni idea de que un atuendo tan formal podría hacerlo lucir como todo gígolo. ¿Cuanto quieres por esta noche, cariño? Estoy dispuesta a pagar el doble–jugó ella y él se rió. Amaba esa faceta de ella, se conectaban tan bien. Trevor miró a las espaldas de Olivia para ver si había alguien y la besó desprevenidamente. En ese beso fogoso aprovechó para revolverle el cabello y abrazarla con sensualidad. Luego la arrinconó en el barandal de las escaleras que daba al segundo piso para hacer la situación más entretenida. Ambos lo disfrutaban; y demasiado.

–Olivia, ¿dónde pones las copas?–gritó la voz de su madre desde la cocina–Por todos los cielos, al menos consíganse una cuarto– sugirió cuando los atrapó en el acto y Olivia se separó unos centímetros de Trevor avergonzada.

–Mamá, ¿qué te pasa?– dijo ella entre dientes con las mejillas rojas–No me avergüences.

–¿Aún te avergüenzas? Eres tan sensible como tu padre, por eso tu novio me cae mejor. Se parece más a mi. Apúrate y dime dónde están las copas.

–A mi novio no lo metas en esto–se quejó.

–Están en un estante al lado de los cuchillos–respondió Trevor sintiendo un poco de simpatía con la situación. Eran definitivamente de tal palo, tal astilla.

–Bien. Ya vengan a comer, la cena esta servida.

–Si, de acuerdo ya vamos– Olivia rodó los ojos y esperó a que su madre se fuera para tomar a Trevor de la camisa y darle un último beso–Somos los anfitriones así que deberíamos decir algo antes de comernos el pollo falso– se dió la vuelta y cuando vio que él no la seguía se detuvo–¿No vienes?

–Iré en un minuto, debo buscar algo primero– Trevor inventó cualquier excusa para quedarse solo, necesitaba liberar sus nervios. Actuaba demasiado nervioso, ella pudo notarlo.

–Tranquilo, yo puedo dar el brindis si quieres. No tienes que ponerte nervioso– se rió.

–¿Nervioso? No estoy nervioso, ¿por qué estaría nervioso? No tengo motivos para estarlo– dijo rápidamente y Olivia lo miró como si estuviera loco.

–De acuerdo...entonces, te veré en la mesa– respondió con lentitud para luego marcharse.

Trevor soltó un gran suspiro al quedarse solo. Palpó su bolsillo asegurándose de que el anillo estuviera allí y asintió.

–¿Puedo pasar?–preguntó su madre a su espaldas y Trevor se volteó. Estaba justo en la entrada.

–Mamá– él se acercó y la ayudó a cargar la bandeja que traía su famosa tarta de chocolate. Ella lo miró y sonrió.

–Hace mucho no me llamabas así– Trevor cerró la puerta y la miró–Me alegra que lo hicieras.

–Bueno, Olivia me exige bastante. Dice que debo esforzarme más y...eso intento– declaró sincero.

–Lo sé– ella lo miraba con tanta admiración–Realmente la amas, ¿cierto?– Meryl, su madre, se acercó y posó una mano en su mejilla–Mi niño, lo que sea que estes pensando hacer en este momento, te aseguro que saldrá bien.

Como si le hubiera leído el pensamiento, Trevor asintió con la cabeza.

–Gracias.

–¿Vamos?– lo invitó ella y él asintió siguiéndola al comedor. Todos estaban allí conversando apaciblemente. Reían e intercambian frases como si se conocieran de toda la vida. Porque así se sentía. Era el momento perfecto.

Trevor dejó el postre en la mesa y tomó asiento a la cabeza de ella junto a los demás. Olivia estaba a su lado derecho y Phil a su lado izquierdo junto a su esposa, Jill que novedosamente se había vuelto mejor amiga de la madre de Trevor y de la de Olivia.

Olivia le lanzó un beso a Trevor cuando se fijó en él mientras hablaba animadamente con su amiga Saura a su lado. La mesa estaba puesta, las copas estaban llenas y la cena estaba servida. Trevor tomó sus agallas y se levantó con su copa y un cuchillo para hacer ruido y llamar la atención de los demás. Al todos guardar silencio, se aclaró la garganta y continuó.

–Quisiera la atención de todos, por favor– pidió Trevor devolviendo el cuchillo a la mesa–Como anfitrión de esta cena...quisiera decir algunas palabras.

–¿Trevor hablando en acción de Gracias? Esto será interesante– comentó Luke y todos se rieron.

–Si, lo sé, pero esta vez es importante— volvió a decir Trevor y todo se puso más serio– Todos en esta mesa me conocen. Saben que soy testarudo y difícil de lidiar– admitió y algunos soltaron unas risitas–Pero, realmente agradezco que todos estén aquí hoy– luego de un carraspeo y una mirada rápida a Olivia continuó– Para serles sinceros jamás pensé que llegaría a tener esto alguna vez. Me refiero a esta casa, a esta familia, al trabajo...a todas las cosas que me rodean en este momento. Ni siquiera sé cómo es que sigo vivo para ser honesto– bromeó–Me siento agradecido por muchas cosas, pero no creo que sea merecedor de nada de esto. Solo soy un malnacido que tuvo la suerte de encontrarse con del tesoro más puro y hermoso que pudo haberme dado esta vida– Trevor acarició la mejilla de Olivia con delicadeza y ella sonrió– La única razón por la que me levanto todas las mañanas es por ella y solo para mirarla. Me quedaría horas observándola y jamás me cansaría. Es como una Epifanía materializada con auroras boreales en todas partes. Todo lo que hago es por esta mujer. Intento ser más amable, más comprensivo, más osado...solo por ella. Y se preguntarán, ¿porqué Trevor estará diciendo todas estas cosas? Bueno, todos tenemos una historia y mi historia jamás había podido estar completa si no te hubiera conocido, Olivia– la miró solo a ella y la tomó de la mano.

Olivia no tenía idea de lo que estaba pasando. Trevor no decía ese tipo de cosas y mucho menos en frente de tanta gente. Él no era así.

–No me verán arrodillarme por nadie más en esta vida así que no se hagan ilusiones– le advirtió Trevor a sus compañeros y todos se quedaron en shock. Trevor puso su copa en la mesa y giró la pata de la silla de Olivia hacia él. Se hincó en el suelo tomándole las dos manos y respiró hondo. A Olivia se le comprimió el pecho–Olivia...

–¿Si?– respondió ella intentando mantener la compostura. Los demás observaban la situación con mucho detenimiento. Intranquilos, esperando a escuchar lo que Trevor tenía que decir.

–Eres la persona con el corazón más bondadoso y cálido que he conocido. Eres divertida, rara y extremadamente hermosa. No hay ni una sola cosa que no me fascine de ti–Olivia soltó una sonrisa– Te me metiste en el corazón desde el primer día, hasta mi maldito perro sabía que me traías loco– ella rió–Olivia, llegaste en el peor momento de mi vida y siempre te voy a estar eternamente agradecido. Sanaste mi corazón de una manera inexplicable y estoy seguro de que esta vida no me va a alcanzar para pagarte con la misma moneda, pero te juro que lo voy a intentar. Por ti movería montañas, mi vida. Siempre voy a volver a ti porque eres mi único hogar– Trevor adentró la mano en el bolsillo de su pantalón y sacó la pequeña cajita aterciopelada– Me volvería a quedar ciego mil veces solo para conocerte, eres la luz de mis ojos y sinceramente ya no puedo imaginarme una vida sin ti– Olivia comenzó a soltar algunas lágrimas imaginándose lo que vendría– No sé si soy lo suficientemente digno para tenerte, pero te prometo que si me escoges pasaré el resto de mis días sacándote esa sonrisa que tanto me gusta– Trevor abrió la cajita y dejó ver un hermoso anillo de diamantes– Bichito...si te casas conmigo te juro por este amor que te tengo, que te haré la mujer más feliz y dichosa de este planeta. Solo tienes que decir que sí.

Trevor dejó su corazón en aquellas palabras y a Olivia le pareció maravilloso. Ella lo amaba...y demasiado. Solo falta una respuesta.

–Si– respondió sin más y Trevor levantó las cejas totalmente impresionado.

–¿Dijiste que si? Creo que no escuché bien, estoy muy nervioso– todos se rieron incluyendo Olivia. Ella tomó sus mejillas y posó un suave beso en sus labios.

–Por supuesto que quiero casarme contigo, tontito. Te adoro...

Trevor soltó un suspiro de alivio bastante fuerte. Sacó el anillo de la cajita y se lo puso a Olivia con cuidado. Besó su mano y se levantó del suelo para abrazarla con toda la calidez de su corazón. Al final, Olivia terminó teniendo lo que siempre quiso. Una persona que la entendiera, que conectara realmente con ella y sobre todo que la amara incondicionalmente. Ese amor tan grande que ambos sentían significaba más de lo que podían llegar a expresar. Antes de encontrarse, Trevor era como Neptuno. El planeta más frío y solitario de la constelación con las tormentas más ventosas. No era perfecto, pero su oscuridad tenía cierta belleza. La pareja perfecta para un sol como Olivia, cálida, alocada y brillante. Tan brillante que podría alumbrar cada rincón de toda la soledad y tristeza que Trevor poseía. Con una luz tan fuerte capaz de sacudirle el alma, el tiempo y el espacio. Los planes del destino son complejos para el entendimiento de los seres humanos. Encontrar a un cómplice en la vida, alguien que te cuide, que te respete, que no te juzgue por quien eres o por las cosas que hiciste. Alguien que se ría, que soporte tu tristeza y que aprenda tus gustos. Alguien que esté presente en los momentos importantes. Alguien que te defienda aunque sepa que te puedes defender, puede ser difícil pero no imposible. El amor es mucho más que sólo mariposas destrosándote el estómago. El amor...es encontrar a esa persona que haga florecer las estrellas que estaban muertas dentro de ti. Eso es amor.

Pero, ¿qué puedo saber yo? Sólo soy una simple adivina.

Fin

CPSIA information can be obtained
at www.ICGtesting.com
Printed in the USA
LVHW040107060123
736479LV00011B/907